香奇花

胡　敏◎著

天津出版传媒集团
百花文艺出版社

图书在版编目（CIP）数据

香奇花 / 胡敏著 . -- 天津 : 百花文艺出版社 ,
2025. 1. -- ISBN 978-7-5306-9055-0
Ⅰ . I227
中国国家版本馆 CIP 数据核字第 2025GH9824 号

香奇花
XIANG QI HUA
胡　敏　著

出 版 人：薛印胜
责任编辑：魏　青　　**装帧设计：**寒　露
出版发行：百花文艺出版社
地址：天津市和平区西康路35号　　**邮编：**300051
电话传真：+86-22-23332651（发行部）
+86-22-23332656（总编室）
+86-22-23332478（邮购部）
主页：http://www.baihuawenyi.com
印刷：定州启航印刷有限公司
开本：710毫米×1000毫米　1/16
字数：206千字
印张：14.25
版次：2025年1月第1版
印次：2025年1月第1次印刷
定价：68.00元

如有印装质量问题，请与定州启航印刷有限公司联系调换
地址：定州经济开发区大奇连体品小区永康大街东侧
电话：0312-2362389　邮编：073000

本部诗集收入作者在2015年3月至2024年6月间创作的诗歌百余首，内容宽泛，涉及日常生活的方方面面。作者用发现美的眼睛去观察生活，用智慧的心灵去感受生活，用积极的思想去指导自己的人生，用大爱去关爱万事万物。

目　录

飙诗

别人飙车
我飙诗
你觉得飙车爽
我觉得飙诗更爽
一阵诗风
飙出几万几千里
来个双飙顺风
外加“双十一”
让 AI（人工智能）都靠边

高飞的孤鹰

向谁叛逆
向陈旧的思想叛逆
向跟不上时代潮流步伐的人叛逆
向天生狭隘的人叛逆
向不合时宜的人叛逆
向小人叛逆
向一切邪恶叛逆

并不是
与大多数人一样就是正确
并不是
非要和普通人一样就是正确
并不是
服服帖帖就是正确

而我只想做我认为正确的事
也注定
要在非议的洪流中逆流而上
也注定
要与大多数人不一样
而我
却觉得好正确

麻雀成群结队
牛羊成群结队
鸡鸭鹅成群结队
而我
只想做那只高飞的孤鹰

与深夜对话

我能发火了吗
我向着黑夜大叫
我想彻底撕破的沉寂夜
哪怕你是无边的黑暗
我也要用我的声音
震破你黑色的胆
穿透你黑色的心脏

我要发火了
我要在深夜来一场雷电
去吓破一切鬼魂的胆
让整个夜
彻底臣服在我的声音之下

我的力量之神
又来了吗
我的笑声
能撕破夜的黑暗
我闭上眼睛
让自已形成重峦叠嶂
形成大地上的湖岸
不，我分明在用海啸的声音
冲击山崖，发出巨响

我感受到
我与大地的脉络
同时跳跃
我呼吸着
如同得到神的喂养
我庆幸
每一天都活在天地的怀抱里
如同一个古老的精灵
只为体验
这一场又一场的来世体感

超越人类的极限

工作
忙起来的时候
我看不见风
看不见雨
只有早出晚归的地铁
和一整天的办公室
有没有阳光

好像跟我没关系
办公室里的电脑
一直记录着
我处于工作的状态
地铁门卡记录我
早出晚归的时间
家里的床
记录我睡了多少时间
这样的节奏
是当代工作人员的常态

我呀，我呀
连逛一逛玄武湖
都成了奢侈
希望，这样的忙碌
也只是偶尔
很想忙过这段时间
去放松——放松——放松——
然后
再进入繁忙的状态
我记得我的弱点
每天二十四小时工作
超越了人类的极限

生命的惊喜

起初
我也很痛苦
我也很无奈
我也很脆弱
我也很迷茫
后来
无数次的挣扎
无数次的反抗
无数次的攀登
让我慢慢变得强大起来

终于
我上了另一个岸滩
从此，一切都变了样
痛苦没了
迷茫没了
挣扎失去了土壤
一切都变成我喜欢的模样
还有什么比这更重要的呢
我已活成了
我理想的状态
生命中的各种惊喜
就这样大摇大摆地来了

一直成长的山峰

有委屈，有烦恼
纠结的人
都是自我能力不够充足

将委屈、烦恼揉碎
将纠结化为乌有
变成能量被我吸收

人生是一条自我救赎的路
在这样一条路上，勇敢有多重要
坚定有多重要
不断更新自我有多重要

我在自己的山峰站立
我不会故步自封
因为，我是一座一直成长的山峰
重峦叠嶂都是我的羽翼

如果，我是水滴
也一定要落在海洋的最深处
去做永不消失的那滴水珠
在海的浪头上开成一朵水花

我活得很带劲
如飓风的力量
接纳与挑战是一种能力
战胜与收获是一种奖励

我就在这里
大地在，我就在
天空在，我就在

我们生活在中国最好的时代

我用精确控制的能力
来完成
这一个个不可思议的任务
仿佛我战胜谁都没问题
我的专业能力
为我提供坚实有力的支撑

我的对手只有我自己
我不停地优于昨天
每一个今天的我
都自信满满
去做所有我想做的事
和必须做的事情

这真是一种历练
让接触或认识我的人
都能感受到那种能量的发挥
我终于可以靠自己的实力
好好地生活在这个世界
也可以靠自己的能力
实现我的梦想

尽管，成长的过程很辛苦
但，我都能一一过关
获得不小的成功
尽管，这种成功对某些人来说
不值一提
但，比起我的过去
我现在的一切都是天堂
苦并快乐着，累并收获着

国家在不停地优化治理
我也在不停地优化自己
我们生活在
中国最好的时代
此时，我感到很幸运

一切都好

一切都好
在最好的环境里
一切都好

一切都好
在最重要的时刻里
一切都好

一切都好
在这初夏与旭日的相遇
一切都好

一切都好
在云和风都无比轻盈的时候
我的心情无比愉悦

最治愈的花——我被上天埋下过伏笔

我被上天埋下过伏笔
然后
我跟着上天的旨意
起起伏伏
去经历和探寻人生的真谛

后来
我知道了很多
关于天意
关于人生
关于爱情
关于幸福的定义

再后来的如今
一切看淡
都是浮云

生命的意义
也浮出水面
为天地立命
给爱纠结的人类
找一条解脱的路径
我跛了山

也涉了水
揭开人类面纱的瞬间
缓缓地露出为什么是人类
那复杂的内心
在自己伤害自己

一切都被天意设定
如今
我活着的每一天
都要幸福地活着

如今的我
所有收获堆积成山峰
平原与大地
在海的环绕中又各自成了风景
用秀美、典雅装点着这个世界

最治愈的花
在季节里不停地变换香气
只为告诉人们
不要为了忧伤忘记美丽

觉醒一直都是自己的事

当我又一次知道
另一个真相时
我彻底明白了

明白了
鲁迅的《呐喊》
为什么一直都在

也明白
为什么鲁迅会愤怒
是啊，在这千差万别中
无法调和的难以忍受
还有那些
根本无法拯救的差异
只能在那儿无法革命

觉醒
一直都是自己的事
与教化者无关

让你真的明白
那些伤心与失望
都毫无意义
只有放过自己
放下另一种执念

那“横眉冷对千夫指，俯首甘为孺子牛”
也让我读出了新意
明白——明白——明白
今早，我与鲁迅聊了一会儿天

月亮为我捎来了牵挂

今夜月亮好明亮
将美好的月光
慷慨地洒落在我的床上
我很舒心地闭上眼睛
让月光抚慰我的心

梦里的我不小心
弄伤了手心
梦里的人儿慌了模样
那心疼的场景
与那关爱备至的眼神
如月光一样温暖我心
清晨醒来
想起深夜柔和的月光
想起梦中人儿关心我时
那不知所措的慌张

我想问月亮
今夜，你又为我捎来了牵挂

谁醒了都在奔跑

很多有悟性的人
都在抢着成长
而另一些人
却优哉游哉地原地踏步

这不一样的人生
已在日积月累中
划清了界限
嫉妒没用
羡慕没用
哭天喊地也没用

谁醒来都在奔跑
希望你尽快苏醒
落后并不可怕
可怕的是你还在沉睡中

一个很自我的人

你看
我从不寂寞
因为总有人喜欢与我聊天
可我却喜爱工作

可能
从小到大
我被自己宠上了天
在赞美声中成长
让我有了一颗
比公主还高傲的心
对谁都有种不屑

不求原谅
不求理解
我就是我
一个很自我的人

超过人类的缘分

月亮
又一次来到我窗前
好像要告诉我什么
可我太困了
看了一眼漂亮的月亮
翻个身又睡着了
可梦却开始了它的旅程

一只死去的青蛙
变成了木乃伊
在一个木质的小盒里
我拿在手上晃了晃
不知怎么办
就又放在了地上
这时
几只活蹦乱跳的青蛙
来到我面前
其中一只很大的青蛙
用嘴巴含起那只木乃伊青蛙
向南边的方向蹦着跳着走去
好像后面还跟着几只小青蛙

然后，场景一变
路面上摊放了
一些乱七八糟的东西
不好走向路的另一边
但还是绕着过了马路

接着，场景又换
一个房子里
除了有几个人坐在地上
没见有一件家具
坐在地上的人似曾相识
但想不起他们的姓名
清晨醒来
才知月亮又给我捎来了信息
感谢月亮
让我喜欢的东西失而复得
是啊，这个世界
有很多超过人类的缘分

敢于成长才最可贵

我比较理性
不会为爱情舍生忘死
也不会为
没有情感的婚姻
忍气吞声

我一直都有原则和底线
对那些无原则、无底线的人
不会给他们留一点面子

这些年，让我体会最深的
是要有真本事
才能活得顶天立地
敢于成长的人才最可贵

闯荡江湖的诗人

浪迹天涯的诗人
看着浪迹天涯的风景
那些不同的景象
就是一幅幅崭新的画面

能闯荡江湖的诗人
都有独特的个性
又有古往今来的共同特征
无畏无惧
朝着一个个的未知进军

想把当今的世界看个遍
又想将古往今来的诗人
都变成老熟人

能浪迹天涯的诗人
都有很多自己的故事
每个情节
都形成丰满的羽翼
每到一个地方
都能产生无数次思想的灵动

那些频频回首的诗人啊
总是在回首的瞬间
发现金光灿灿的诗句
成为永恒的光明

天空和大地都是我的世界

是啊，我要开花
是谁都阻止不了地绽放
我要绽放
是谁都阻止不了地飘香

是啊，我要绽放
在世界任何一处
在我想去的地方
我独特的气香
是我带给这个世界最好的释放

我的心意
我的想法
我的感觉
都是我行动的方向
我的动力
是我走在道路上的风光

高山
阻挡不了我走向远方
湖泊、大海
也不能把我怎样

我在遨游
天空和大地都是我的世界
我的步履一直都很矫健
翱翔的姿势一直都很优雅
飞吧，飞吧——飞吧——
任何一处美丽
都是我可以驻足的地方

我尽情释放出对世界的善意
这是每一位热爱者的情怀
热爱吧——热爱吧——
让世界感知美好无处不在

细胞里装着小诗

我的每一个细胞
都是诗的卵巢
孕育出诗的生命
无数个细胞
就是无数首小诗
在我的体内不停地诞生

我是诗的化身
诗做的我呀
被赋予的不仅仅是诗
还有盛产诗歌的美誉

真担心
鸟儿从我身边经过

叼走我的诗句
真担心
风儿从我身旁掠过
带走我更多的小诗

我害怕
有更多的鸟儿闻风赶来
沸沸扬扬带走我更多的诗句
我担心
台风也闻香而来
卷走我更多的独特诗风

小小的诗啊
我怕打扰你的安静
我怕你宁静的生活里
从此不宁静
我知道，你的心意
只想用自己的方式优游于世

在猛烈中进步自己

我的人生
一定被很多人关注
好在，我不在意这些

不在意的理由
很简单
一是没时间在意
二是根本不需要在意

专注自己已经很忙
天知晓我在意的事有多大
天晓得我在意的事有多小

有的人
一年的奋斗经历
是一些人
一辈子都难以企及的事
这种不可比的真实
只有懂者最懂

而你，偏要去横向比
可笑至极

而我
一直都在跟昨天的我纵向相比
去发现
那个我又在猛烈地提升自己

一个不屈的生命

即使
我的周围
到处都是竞争对手
我也会尽力拼搏
获得勇者的胜利

即使
我曾经平庸

曾经狭隘
但，我仍会选择伟大的事业

即使
我曾在深夜里徘徊
在黑夜里哭泣
但，我仍相信自己
会走过那段艰难的岁月

即使，我曾身处险境
也曾遭遇挫折
但，我从没有放弃过我的成长

我就是
这么一个坚忍的我
我相信
我可以踏平艰难险阻
成为我想成为的那个自己

我就是我
一个不屈的生命
看，这片叶子真绿
那朵花儿真香

一条清晰的心路

起初，心中无路可走
也无路可寻
迷迷茫茫

如同，一直处在荒野沙漠之中
周围的人们
似乎，也是如此
这大概就是动物人
最初始的自然状态

懵懂是一种常态
再高的学历
也解决不了苏醒的难题
但又总有醒者向前迈进
推动着人类的进步
也总有觉醒者引领着后来的觉醒者
继续在人心的路上不断探寻

我们都活得太普通
未能发挥出人的天赋
又都在普通中相互纠缠不清
那些解不开的心结啊
如同绳索缠绕在每个人的心中

觉醒者艰难的一步
如同跨越千年险阻
救救他们吧
救救他们吧
那些苦难的灵魂
送来期盼的眼神

我在荒野中数着脚步
总希望多踩出几个印迹
去告知

去提示
我曾独自走过荒沙野地

当我回望
我知道，那不是脚印
那分明是一条清晰的心迹

听风看月

我知道
我怎么活着
就活在它与它之间

我知道
我怎样活着
就活在他们和他们之间

我知道
我怎么活着
就活在它们与它们之间

当然
在最恰当的时候
我要活在云之巅听风看月

世界的礼物

有人
读过我所有的作品

结果
还是期盼我的新作

有很多人
读过我很多作品
结果
还是期待我的很多作品

有人慕名而来
阅读我的作品
结果，还是感觉
有着不可思议的吸引

就这样
我的作品在大地上开花
在人群中迅速扩散开来
在地球上无处不在
在世界里源远流长

我不禁要问
这是上天的礼物
还是我的礼物
是大地的礼物
还是世界的礼物

我活成了，我喜欢的模样

又有人
说我好年轻啊

每次听到
我都开心得很

是啊，我好年轻啊
在经历风雨之后
在历经磨砺以后
我还能有这样一种状态
那可真是没想到
我在内心
也是自然地欢喜

我活成了
我喜欢的模样
这本身就是
一件非常美好的事
更何况
我还收获了很多美好

回过头
去看那
过去的风雨
那险境
那坎坷
那艰辛
分明印着我曾经
都经历过哪些磨难

现在的我呀
已将苦难踩得粉碎
坚强和意志已独占上风

我战胜的不仅仅是自己
还有那些
曾经给过我苦难的经历

是啊
在和风细雨的未来
在暴风骤雨的过去
在轰轰烈烈的今天
我已有了
从从容容的心境

是啊
一切都可以打败
因为我打败过很多东西
一切都可以战胜
因为我战胜过自己
一切都不堪一击
因为我的内心足够强大

我还年轻
我还很年轻
我在
青春的路上走得很欢

年轻的我啊
有一颗青春的心
在我知道
我还很年轻的时候
那是一件多么幸运的事

喜忍

我忍着
这个喜悦在那儿欢喜
没告诉任何人
没告诉任何人
只是觉得我好喜欢

我忍着
这个快乐在那儿喜悦
没有告诉任何人
没有告诉任何人
只是感觉我好开心

我忍着
一场快乐在那儿欢庆
没邀请任何人
没邀请任何人
只是我已感到快乐满溢
我忍着
我忍着
这不是疼痛
而是喜忍
这是我的新喜
这是我的心喜

世界的节日

每逢中国节日临近
总会带来一种紧迫感
特别是中秋与春节
更有一种咄咄逼人的节庆气息
让每个中国人都深刻感悟

无论是中秋节临近
还是春节的前夕
你听
路上的汽笛声
明显比往常多了起来
你看
人人都在忙里忙外
看不到闲人
你闻
大街小巷到处飘逸着
节日里食品的香气
还有那熙熙攘攘的人群
似乎
想把整个菜场买下

此时
人们都想在节前
处理完各种琐事

中国人的节日
已成为世界的欢乐时刻

世界的人民
被这气氛感染
怀着美好的愿望
也已加入欢度春节的队伍

梦不再摇晃

梦不再摇晃
而这稳如泰山的梦境
就那么稳定地摆放在那儿
让你觉得那就是它的模样

让你想起泰山
就想起稳如泰山的定力

此时
又引发我想起黄山
昆仑山的山脉
和珠穆朗玛峰的峰顶
突然
又从脑海里冒出湖泊
海水的画面

太美了，太美了
树木青绿，鸟鸣不断
还有那大片的花海
镶嵌在大山脚下的平原
我似乎可以听到
孩童的欢笑响彻山谷

又有妙龄少女的背影
映入眼帘

我想随手扯下这些画面
挂在我室内的墙壁
让我随时都能嗅闻
大自然中那特有的味道

噢，想起今天要做的事
我又回到现实的人间
做起来，做起来
这多像夏天的感觉
火辣得让你觉得节奏好快

菩提树又要开花了

一颗浅浅的灵魂
多像地平线上的草儿
怎么也扎不进最深的泥土
树就不同了
只要长在大地上
根就可以延伸到永无止境
天生的种子，不是麦子与豆粒
却成为天际中一颗璀璨的星星
菩提树又要开花了
它说，它的梦想是千米深的根
开出来的花要与白云媲美

出道成巅

出道成巅
是东京奥运会的最大亮点
拿到世界冠军这一刻
她只有十四岁
出道成巅
一跳而为天下知
出道成巅
是这个时代的产物

夜又撕破了云

夜又撕破了云
露出了久违的星光
城市的灯火
总是比乡下的亮
路面也油滑得很
近乎璀璨

这是两个不同的世界
一边是静悄悄
偶尔有虫子从树上
或草丛里
传出断断续续的鸣叫
一边是喧哗哗的沸声人流
会让你忘记
此时，已接近深夜

去往乡下的路
越走越黑
却能见到天上的群星
在天空中闪耀
远方的城市啊
有整齐的路灯
和各处发出来的光亮
恭迎你的到来

我不由得想起
那些无名的建设者
从没有灯光的乡间小路
来到远方的城市
把路上闪耀的星星
变作城市灯火的灿烂

春天里的萌动

春，我用脚触动你柔软的泥土
你用淳厚质朴的气息告诉我
你的萌动

春，我用手抚摸你翘起的嫩芽
你用鲜活清新的绿色
告诉我
你的蓬勃

春，我用桨划动你泛青的碧波
你用润凉滑脆的水声

告诉我
你的清澈

春天
你来了
在春的季节里
我愿意忘记冬、夏、秋的日子

迷恋二月

我迷恋二月
它是万物复苏的开始
要想在新的一年里许愿
那就在二月的泥土里
多埋些希望的种子
多栽些喜欢的花草树木
多许些美好的心愿

然后，在这一年里
你就等着收获心想事成吧
你就等着收到万事如意吧
你就等着收到喜出望外吧
后面的夏和秋
都会给出满意的答复

冬是你分享幸福的季节
在二月里的每一天
我会埋下很多美好的种子
许下我的心愿

愿我在新的一年里
不要浪费
每一秒的美好时光

香花奇郁

喜欢我们的浪漫
即便一个不经意的眼神
也蕴藏我们丰富的暖意

天赐的缘分
是让我们彼此相遇
又彼此欢喜
爱是不自觉地爱护

爱是一首长诗
写不完，也写不尽
有爱的地方
万物生长
永无止境
有你就好，别样的挂记
花开四季
总能遇到花香奇遇
奇花香郁
香花奇郁

三月

可爱的三月
花朵从无到有
小草从芽到叶
每一天都弥漫着嫩绿和清香
展现着朝气蓬勃的景象

饱满的三月
春阳时时光彩照人
花朵处处可人娇媚
绿叶由翠泛青
小草更在不经意间探出头来
仰望天空与大地的不同

我爱三月里
那朦朦胧胧的美丽
胜过四月的花殇雨

是三月里的最后一天
那种种不舍的情怀
已笼罩我此时的感慨

三月只为花开
四月必有花落伤怀
而我，最怕四月的雨
打落湿花满地

等待春雨

天空已灰云密布
风呼呼作响
风在门外肆虐
像怪兽的怒吼

却没有雨点落下
地面仍干得出奇
我又迅速向天空望去
云已变成发光的彩云

这分明是有雨的天气
是不是雨正在路上
又去了别的什么地方
风却后知后觉

四月的叶子已开始泛青
在风中摇摆不停
渴望得到春雨的滋润

它们向往雨水的光顾
天边已开始放晴
我和日月的叶子
等待一场春雨的光临

轻装上阵

我想与春天互动一回
去抚摸一下
刚伸出头来的草儿
和那草叶上的露珠

我想在春天感悟一回
去湖边看一看
风带给水的粼粼波光
和那柔美婀娜的柳枝

露珠洗去了心中的尘埃
湖光驱散了冬日的阴霾
在这个季节
心轻装上阵
和着柳枝的摇曳
无拘无束

尽情去爱

四月，随处可见的花
五颜六色，肆意绽放
已直接锁定了人们的视线
脚步会不由自主地走向花丛
与它们一起心花怒放

四月，花开到处

到处花开
哪儿都被写上美丽的字眼
我本爱秋色
却突然被这春花迷得
神魂颠倒

秋啊，请别怪我移情别恋
在春天的花海里
哪一种花香
都会让人醉得忘记回家

春的艳美
似乎已胜过秋的萧瑟
也许，到了秋天
我又疯狂地爱上秋色

万物有情
每个季节都有可爱
不辜负日月流年
走过四季，走过年复一年
而我只须尽情去爱

我偷了春天里的一朵小花

这满树的花朵
竟找不到一片树叶
却开得如此美艳
迎春花
丢开叶子的衬托
把大地铺成纯黄色

春天的未知太多
也许，它在告诉我
一个花的秘密
闻着淡淡的清风
我独自走进这片树林
信步来到有流水的小桥旁
随手摘了朵树上的白玉兰
我知道，我错了
我偷了，春天里的一朵小花

我闻着手中的花香仰望天空
西边的太阳还没有落下
东边已高高地挂起月亮
中间竟是鸟的游乐场
空中的风筝飘得很悠闲
但愿它不要告诉别人
我偷了，春天里的一朵小花

五月的天空有风吹云

五月的雨
变化多端
时而，点点星雨稀薄如翼
时而，大雨纷纷瓢泼而至
时而，细雨绵绵如丝如雾
朦朦胧胧，霏霏蒙雾

五月的风
若即若离

一时阳光明媚
一时乌云密布
一时花云朵朵
一时漏阳夹雨
又时而，有风无雨
又时而，有雨无风
又时而，风云雨聚
又时而，雨过天晴
五月的天空捉摸不定
多像个淘气包，任我由性

读到深处便是你

读吧，读到深处便是你
写吧，写到深处便有你
想吧，想到深处还是你

用一段文字
拉近你我的距离
说远，你就在这段文字里
说近，你却在那里

读着，读着
我就找到了自己
写着，写着
我就看见了你
如若要问
我们的距离到底有多远
一字之间，一行之内

却又远如天宇，远到无际
当岁月有情
读着文字
就会送来婉约如你
朝朝夕夕
文字就会送来温馨

当我们都很孤寂时
文字就会生香添暖
后来，后来我发现
文字已取代了很多相思

文字不仅仅拉近了
我与你的距离
也替代了我的思念
这到底是什么岁月
留一场空欢过后的清净

花朵的飘香由自己绽放

一切都是最好的安排
就像我的童年
为什么只会拥有奶奶的怀抱
而不是父母的百般呵护
一切都是最好的安排
就像我
为什么在不小心中被忽略存在
活成现在的我
而不是其他的样子

一切都是最好的安排
上天赐予我的都是最好的
上天没有让我得到的
到了后来都成了幸运
一切都是最好的安排
那些恰到好处的安排
就是为了弥补
先前那些一直存在的怨言

一切都是最好的安排
就像我相信，小草的生命是自己给的
就像我确信，大树的参天是因自己的顽强
就像我坚信，花朵的飘香是由自己绽放

一切都是最好的安排
上天能给我的
都是世上最好的东西
我深信命运不是为了抱怨
而是用来接纳
那些无怨无悔的结果
就是用来解开你多年的心结
让你心生敬畏

我在诗的世界等你

捧一把温暖的阳光
让温馨带出点思绪
让我悠闲度日
在这深秋的末尾

埋下生命的种子
让它在那儿
慢慢等待冬的孕育
春的萌芽
然后，我用虔诚
捡起美丽的诗句
让我的世界充满韵律

捡一点浪漫的愉悦
让快乐的心情喜上眉梢
让没有思念的人儿添几分恬静
让没有相爱的人儿多几分想象
然后，倒出精美的诗词
让我的世界充满旋律

来一些光速的畅想
让时光在隧道里虚度
让美丽穿透灵犀
在那儿吟诵，喜悦扬眉
再将一点点的惆怅，撕碎
扔进时空的垃圾箱里
然后，专心写诗
让我的世界充满诗味

走一回心的路径
在诗的尽头建一座座殿堂
让身心疲惫的人们在那儿栖息
让心力交瘁的人们在那儿取暖
用诗境驱逐疲惫
用诗光赶走黑暗
用最有力的诗句

把还在昏睡的人们晃醒
让我在诗的世界等你醒来

莲儿，我爱你无须解释

莲，是一首写不完的诗
莲，是出淤泥而不染的绝美女子
莲，是我一生追逐的偶像
莲，是精灵的天香子

莲，是位出色的美女
有无须修饰的美绿
有待放时的羞涩
有绽放时娇艳欲滴的清秀
莲，有多姿的花瓣
有随风裙摆的荷叶
有亭亭玉立的身姿
莲，无论花开花谢
都不失优雅的姿态
有盎然的韵味
又托出莲的菩提盘心

莲，将莲子裹得严严实实
即使，脱去青衣又露白
在白色肌肤里
又藏着青涩的莲子心
莲的根部是白嫩的睡藕怜香
你说，莲的哪儿不是惑魅之身
是啊，莲儿
我爱你无须解释

一种会扎根的美丽

有一种美丽
不用刻意修饰
无须任何褒奖
那是一种宏伟的大美

你看了一眼
就无法从眼睛里抹去
那是一种会扎根的美丽
美得震撼
美得别具一格
美出天壤之别的美
看了不会忘记
而是时常想起

我的江湖，就是走向四面八方

我就这么燃烧
那无法衡量的能量
就是我的光芒
我身上每一个细胞
都是一颗火种
每一颗火种
都可以燃烧成希望

我的能量
来自太阳

来自胸膛
来自宇宙最深处
我也是水的化身
又有水的万种柔光
要不，植物开出的花儿
不会各有各的芳香

我那每一滴汗珠啊
都是一个辽阔的海洋
波涛就是我的心语
风儿似乎
从没有停止过与我互动

我，心在远方
我的江湖
就是走向四面八方
就是飞向更远的远方
我的梦想
就是在不同的地方
发出一道道璀璨的生命之光

看见与感觉是同一个世界

生命被重新定义
如天空中的云始终在天上飘
地上的海始终在地上涌
交相辉映
你看那风啊
始终在推动着万物

我和你呀
是看得见的实景
一直在那儿被看见
我和你呀
如风和空气
一直在那儿需要感觉
哦，看见与感觉
原来是同一个世界

我梦里的橡树长大了

我又梦到
只是在相同的地方
相同的场景
只是梦里的那棵橡树长大了
变美了
变成了神奇的天树

我梦中的这棵树啊
已经长成参天大树
给人一种独木成林的感觉
还有说不尽的艺术美
枝干拖下来又拐了一个弯
延伸在身旁水面的上方
我很喜欢
忍不住用手去抚摸
它那很壮实的枝干
手感很滑润
我忍不住

张开双臂去拥抱它
这棵树真的长大了

垂下的枝条厚重
叶子茂密
我搂了一怀垂下来的枝条
竟在那儿荡起了秋千
摇啊摇，摇荡着自己
笑得很是开心
我从那同一梦境中笑着醒来

南方的冬天不像冬天

南方的冬天不像冬天
满地黄如金的稻谷穗子
和那带青的叶子
还在地里长得正欢
红红的高粱
也正仰视着天空
还有那绿色的军装
穿在身上
没有丝毫想脱的意思
坚定而整齐地站在那儿
没有退却
南方的冬天不像冬天
倒像是个结实的汉子
可以把冬天抛回天宫
直接保持着四季里
满载春夏秋冬的风光

眷恋

我用平静的心眷顾
夕阳照映下
白云披上了耀眼的光芒
在这即将逝去的今天
做一次深情的告别
我努力搜索年轻的语言
来赞美那充满希望的明天
送别这即将逝去的夕阳

被岁月咀嚼过的往事
成长中曾被撕裂的青春伤痕
依旧在记忆里不敢触碰
到底有怎样的青春才算无悔

为什么，在岁月里
已落满了厚厚尘埃
不知从哪里又冒出的一声巨响
唤回沉浸在往事里的我
恍然间，只见路的两旁那些茂密的丛林
让人觉得这块土地是它们的家园不可入侵
可我怎么觉得灌木丛里长满了诗意
到处都藏着美丽的诗句
我用不舍的眼神眷恋着　远去

天边的云儿
一点点恢复本色
霞光，开始暗淡隐退

真想找一些年轻的语句
揉进心里
让它流淌出无畏的青春激情
可夜幕已将今天通通掩盖
远处与近处开始布置
那稀里哗啦杂乱无章的灯光图景
把城市装点得没有了黑暗
人们开始像鸟一样急匆匆归宿
我这远方的来客
只能在客栈里留宿
等待明天送来晨光

笑里藏着几千年

春风吹，百花艳
万鸟齐飞在蓝天
葱葱绿绿满世界
阳光媚照你容颜
醍醐灌顶几千篇
字字珠玑连又连
鱼儿游月月儿圆
云儿漫飘飞过月
笑里藏着几千年

风雨珞珈

风雨珞珈群
激情燃烧中

灵动频频闪
谈古又论今

带回笑容作为回馈

这故事
在这个季节已经收尾
大概是换季了吧
大地开始在平静中萎缩
凉凉的冷，也在静悄悄地
让你感觉到
冬天很快就会来临

此时
应该是深秋了吧
谷物
已进入仓储期

我已把自己
封存了好久
很多过去的记忆
如同隔了几个世纪
遥远了——遥远了——
已记不起当时的情景
真需要
抽些时间出去走走
到乡村的田野旁
去看看那里的农作物
一定会倍感亲切

乡下农村田埂地头
山川湖泊森林草原
大海河湖江边小溪
去与它们来个彻底的亲近
让我带回笑容作为回赠

愤怒的水云

水云滚滚的场面
令人震惊
它与天空的云朵形成一景
让你分不清，它不是云
让你误以为它是天空的云朵

水云
被水浪冲出翻滚白烟
让你误认为它是云
如同它用云雾
遮掩了它的汹涌

它不是天空飘浮的云
却有着云一样的化身
它像凶兽般猛进
如同利爪毁坏所遇

汹涌地宣泄
已不分界碑
所到之处
已夷为水平线

是啊，小心
那是云掩盖下愤怒的水云
想将起伏的丘壑夷为平地

幸福的味道很好闻

有人说，幸福是一种心态
有人说，幸福是一种感觉
还有人说，幸福是一种能力
其实，幸福是一种香喷喷的味道

有幸，我让幸福撞了一次腰
揭开幸福的面纱
目睹了幸福的真颜
原来幸福很面熟

当你感觉自己很安逸时
那就是幸福
当你感觉浑身舒畅时
那就是幸福
当你开心的时候
那就是幸福
当你什么都不去想
心里仍有美滋滋的感觉时
那就是幸福
幸福的味道香又甜

幸福
像一位忠实的卫士
真实地站在每个人身旁

从没有离开
也未曾远去
是我们自己忽略了它的存在
有时幸福的味道需要闻

幸福
是一种香喷喷的味道
当你，发现阳光很柔和时
你正在享受幸福的味道
当你，看什么都祥和美好时
你正在领略幸福的味道
当你，实现了某个愿望时
你正在品尝幸福的味道
当你，有个意外惊喜时
你正在拥抱幸福的味道
当人人都发现你看起来很棒时
你正在享受幸福的味道

幸福卫士就站在你我身旁
只要我们留意它的存在
幸福的味道会飘逸
朋友，记得去在意你的幸福
记得去分享你的幸福
记得去品尝你的幸福
幸福的味道很好闻

荷与我

五月了，我该去看荷

大概荷叶才刚出水面
大概荷花还在酝酿中
大概为了这个夏天
所有的荷都在准备出动

五月了，无论忙与闲
我都会抽出时间去看你
我们的缘，似乎
千万年就自然存在
每一次与你相遇
我都会兴奋得手舞足蹈

你不会笑我太天真了吧
可每次遇见你时
我都能感觉出
你与风的互动
摇摆的姿态
更加飘逸与灵动

从你露出第一片荷叶开始
我就想去关注你
因你是我的不舍
其实
我更相信前世就有的缘分
就像前世的荷还是荷
今世的我还是我

五月我已与你初见
但六月、七月
甚至到了八月、九月

我还会围着你转来转去
来到你的身旁
我会与你诉说心语
坐在你的身边
我会深情凝视你
离开你时
一定有我的不舍
然后，约定还会再来
这是我与你最深的情义

是啊，那么多种花里
我最偏爱荷花莲叶
无论在哪儿遇见荷
都会引我走向你
荷啊，都说爱上了
就会特别偏心
荷啊，我还会来看你
这是我们的世世约定

爱的秘密

好想，好想
让你搀着我走过沼泽地
越过一座一座山峰
跨过一条又一条河流
让迷迷茫茫的我
永远清楚自己的方向

好想，好想

你能揽我入怀
让我做个带有甜味的梦
让我像个孩子
在爱的温度里温馨入寝
让我像个幸福的女人
在平平静静里甜甜度日

好想，好想
在你的世界里放纵自己
让我永远也不知战争是啥
残酷是啥
罪恶是啥
金钱与权力又是什么样子
让我的世界干干净净
明媚祥和透着欢喜

好想，好想在慵懒的清晨
被你包裹在怀里
醒来时仍躺在爱的被窝
在理想的国度活出恬静
像童话里的世界光景美轮美奂
啊，原来我的梦就是这么简单
在一首诗里完成爱的秘密

被更换过的生命

我的人生需要你来陪
有你才有主心骨
有你才知迈向哪里

有你才懂得追求什么
而你，竟然在那儿憩息
这一小憩
已过了几十个春夏秋冬

我的人生需要你来陪
我的另一个我啊
你是不是已经忘记
我在这儿已等你很久
你那慢悠悠
慢悠悠地苏醒
已让我错过
生命中最美的那道风景
醒来时
你说，你只是打了一个盹儿
我的人生需要你来陪
你苏醒的时间
又像是刚刚好
醒来时的这个我呀
知趣，有点内疚
也有歉意
很快，你将我组成一艘智能的快艇
迅速在大海里航行
能量的光环
始终在船的上空护佑
而此时的我
已被你更换了内存
这被更换过的生命啊
已有了新的使命

月亮底下的树真美

今晚的树木
在月光的照耀下
显得格外婆娑而又富有诗意
每一棵棵都是一首小诗

树丛里的月亮呀
更有一番说不出的美丽

我避开城市的灯光
走向只有月光的小径

我弯下腰去
捡起一片熟透的落叶握在手里
思绪随着雾蒙的月光
天马行空

也许，每个人的心中
都有一匹野马
我没有什么锦囊妙计
可以控制自己的想象

或许人只有在想象中
才能体会出美的感觉
不管你在哪个角落
都不影响想象的美丽

人类会制造美丽出售
而自然界里的美丽往往免费

我只想告诉你
今夜，月亮底下的树真美

一夜花瓣雨

一个故事
如同一部电影
引来一首永不停歇的歌曲
唱了一夜的花瓣雨
关不了，也不停止
从桃花岛上飘过来的花瓣雨
悠悠飞扬，响起
花瓣落下时的心曲

一份友情
引来一首永不停歇的歌曲
何时停止倾诉你的揪心伤痛
不再有泪雨朦胧
花瓣雨从桃花岛上飞起
飘呀，飞呀
离开了桃花岛屿

桃花岛
飘来阵阵桃花雨
带着岛上的花瓣
随着岛上的风雨
制作了这场花瓣雨
在空中飘啊，飘啊
落入那未知的地方

撒了一地的花瓣
一地的相思情
一地残缺的故事
当我写完了桃花颂
瞬间停止了花瓣雨
该走的，走了
该留的，留下
仍在续写
桃花岛上的故事

叶落远方

深秋了
谁能保证每一片落叶
都叶落归根
谁又能知晓每一片落叶
都有它自己的命理
总有些叶子会飘向远方
总有些叶子在谱写自己的传奇
总有些叶子会随风缥缈
又去留无意
总有些叶子
从此地出发，又叶落远方
迎来这宠辱不惊的宿命

有一片叶子
已被风儿吹入河里
随波游逸
漂向哪里都很随意

有一片秋天的红叶
落挂在蜘蛛网上
左右摇摆不定
已成为这个季节里的风景
又被摄影师捕捉成永恒的美丽
有一片叶子幸运地被艺术家看中
雕塑成一幅最美的图案
定格在艺术的殿堂里
成为很有名气的标本
又有一片叶子落入画家的眼睛里
变成一幅价值连城的画

你看，有的叶子坠入池塘
还有众多的叶子
已走进诗人的眼里
成为一首首唯美的诗

秋天，每一片落叶
都有捉摸不透的美丽
那些叶落归根的叶子啊
是不是一种幸运
只有根知道叶的心思
而有的叶片不会落在秋季
也不会落入冬季
却会与枝干长伴一生

叶儿啊，叶儿啊
你在这个季节
有自己分明的抉择
而我会祝福

那些叶落远方的叶子
都有随遇而安的香梦

一场天赐的美丽

初冬刚到
雨就跟着北风来了
梧桐树上的叶子
已按捺不住自己的创意
纷纷扬扬地随着风雨
在大地上绘制出精美的图案

让你忍不住停下脚步
欣赏这如诗般的画面
多像一幅幅天生的神笔绘画
美到眼睛都不敢多眨
真惊叹这不经意的美丽
美得如此文艺
美得如此出奇

我不想错过
这样一场天赐的美丽
丢下手中的雨伞
掏出手机
拍，拍，拍
拍出地面上这天赐的美景
将这满地精美的神奇画卷
收进我的手机相册里
让它成为永恒的美丽

爱可以回收

你又在梦里出现
表情有些冷淡
不再有之前的笑容灿烂
你眼睛里
有遮掩不住的离别

你准备离开
把待放的花朵碾碎
用冰冷
冷却这燃烧的火焰
有人说爱没了
目光也会随之转移
我说爱没了
心会自动熄灭爱的思念
因爱可以回收

汗与雨的相约

我满头的汗珠
在头顶上闪闪发光
多像满天的星星
从我的发丝中透出光亮
这样的效果
竟然是天成的自然景观

我兴奋这满身的大汗
在这样一个大暑汗季
发挥到淋漓尽致
一场美好的汗水
尽在我的享受之中

雨中的荷
异常安静
叶子与荷花都纹丝不动
保持着木讷的可人
乖巧地任凭天雨滋润
说也奇怪
天空中散落的雨滴
不多不少，不大不小
正好满足荷叶与荷花的静默

一切都是刚刚好的样子
水面上的小野鸭随处可见
鸟儿不停地从林中
传出各种好听的叫声
游人络绎不绝
这种各自安好的场面
让我觉得这是个理想国

在这样的雨天
我不需要打开伞
就这么给它淋
感觉很惬意
又让你分不清
是汗还是雨水
或是汗与雨的相约

爱写情诗的女人

最幸运的事
是在今生遇见你
不光喜欢你的样子
更喜爱你的笑容
你让我难忘到
只记得我眼睛里有你

最幸运的事
是我收获了幸福
在遇见你之前
我不认得幸福是谁
原来，幸福
从你出现开始
我已体验幸福
我最幸运的一件事
是得到了
上天的眷顾与宠爱
也许
从出生那天开始
就注定了
我有不同寻常的人生
幸福
让我有了分辨的机会
原来，幸福从你开始

我最庆幸的一件事
是喜欢雕刻你

你是我创造出来的美
这是永葆青春的秘密
爱写情诗的女人呀
心儿不会枯萎
有爱的地方
花儿会开得更加艳美

惊蛰

昨天
春雷声声
敲开天空
倒下了
一天的雨儿纷纷
风也沸沸扬扬
今夜
似乎仍有小雨
晨起，拉开窗帘
才知天已放晴

雨已停歇
只留下微凉的晨风
让人感觉冷意渗入
空气
却被清洁得
只想呼吸
今天是惊蛰，早安

爱是利润的天使

余生
找一个惦记我的人
让距离
在拒绝后是美丽
让想念
在想起时是美意

人生的旅途希望有个人
与我用沉默的方式谈心
如同棋逢对手
让语言乏力
用心静去懂心
并有落子知心的快意
那应是人生一大美事
如果
爱得不够默契
那一定
是一种情感的缺失
如是那样
我宁愿孤老一生

如果
爱情是一场博弈
那就让我在选择时
输赢都心甘情愿
只是，我想问未知的你
当你失去我时

你是否会心痛
一场遇见
就是一场灵魂苏醒
你是否有耐心
等待一场我的醒来
有爱的日子很美
懂得欣赏
从心开始去认识彼此

如果
心情是用来经营的
我一定不让它亏损
而让它始终盈利
因为爱是利润的天使
有爱的地方就有美丽

会呼吸的美好

在奔跑的路上
我不能多看你一眼
哪怕一瞥
都怕影响我前行的脚步

我不会因你停留
因人生的主角
在很多时候必须是自己
我想去见更多美丽的风景
怎会容忍一般所见

我朝着能感知的美好继续前行
会呼吸的美好一直都在
我怎能错过相遇相知的光阴
我在美好的路上狂奔
成为一道亮丽的风景

幸福需要自己发现

越来越喜欢
将自己藏起来
给灵魂一个安逸的空间
让灵魂自由游逸
越来越觉得
灵魂需要这样的环境
越来越感觉
思考与选择是灵魂的事

如果
一个人能将自己藏好
藏得很严实
便有了自在的空间
让灵魂去做有趣的事
那是多么难得的境遇
原来
幸福需要自己发现

世间
只有独特才有价值
携一分宁静

藏一分静谧
让灵魂在独欢中创造奇迹
藏需要心静
在喧嚣的环境里
藏是一种渴望
是一种奢侈
藏好自己
也是一种幸运

从容一下自己的纯粹
品味一回自己的无忌
去支配自己的灵魂
又何尝不是一种自得其乐

当悟到了藏的奥秘
也是与灵魂和谐相处的美丽
去舒展一下没有奖杯的创意
去释放一回没有掌声的努力
去深挖一次自己的巨大潜能
又何尝不是一种人生突破
让思想独行于浩瀚的天际
让灵魂瞬间找到优秀的自己
有时，幸福真的需要自己发现

火狐狸

我是一只火狐狸
生长在冰天雪地里
难得一见的我
会让你很心怡

我是一只火狐狸
独行于这皑皑白雪纷飞里
你见我一面不容易
我只是偶尔
留下美丽的身影

我是一只火狐狸
行踪诡秘又不明
想见我，不可以
我是自己的小天使

我是一只火狐狸
冰天雪地里的火焰
森林里的红色妖姬
我属于神秘
我属于传奇
我属于雪中的红色精灵

有一朵想绽放的花

雪后的春天
阳光更加灿烂明媚
蔚蓝的天空
连一缕云丝也找不出
此时的天气，似乎
与雾霾已没有一点关系
我喜欢这样的蓝色天空
喜欢这样的清爽空气

真真切切地希望
一直保持这样的本色
初春的风，仍是西北风
在那儿呼呼地吹，呼呼地吼
我穿过青青茂密的竹林
信步来到雪后的梅园
想看看那里的傲骨寒梅
是不是依然凛冽地美丽

迎着阳光，迎着北风
先传到耳畔的
是那欢快的鸟鸣声声
先映入眼帘的
是繁花正艳的梅林
比先前更娇艳可人
朵朵魅惑，朵朵迷人
那浓浓的梅花香味
在我还没有靠近它时
就已闻到它的香甜气息

真的很美
我忍不住地赞叹起来
那粉红色的梅花
满树开到无蕾
玫瑰红的梅花
倒是没那么着急
花开的相似只为点缀初春
而最能耐得住性子的青梅
从枝头到树尾
朵朵都是苞蕾满满

个个都在花骨期
真像纯净含羞的少女
迟迟不肯露出绽开的迹象
此时，我相信
一定有一朵想绽放的花
正在酝酿春的花事

最让我惊讶的是蜡梅花
不，从今天开始
我不想再叫它蜡梅
或什么黄梅花
它简直
就是玉皇大帝的女儿
在阳光的照射下
是富贵、华丽、璀璨迷人的公主
让人一看，便能即刻坠入
倾尽情怀、诉尽衷肠的欢喜
此时的我，醉了又醉
已醉在梅园，忘记了时辰

忆满筐

十年相识不相知，如同木呆人痴
别时瞬间才识心，灵魂一触，豁然惊心
一拨动一回音，不回首已难忘
相视无言，情已深藏
想想想，伤伤伤
老天捉弄人一场

不怨过去，不会畅想
只把往事
一点一滴收藏
待岁月老，两鬓霜
相视一笑忆满筐

秋天里的眷恋

昨天立秋
那是对夏的告别
秋已经接管了夏
在这个时节秋天已起程

清晨醒来
空气里含着
一丝丝凉意
才深深感知
夏天真的走了
秋天已开始履行
自己的职责

在我心里，秋天
是很重情义的季节
秋在目送着
夏的背影离去
直到夏
在秋的眼睛里消失
秋才开始真正的秋天

这也许正是
立秋后
还有十八天地火的真实原因
秋很务实
在一年四季中
只有秋天最值得赞颂
在立秋当晚
你只要稍微留意
就能感受浅浅的凉
那是来自秋的问候

秋天
是最值得赞扬的季节
它那饱满的果实撑破了大地
并把泥土扯成一条条裂缝
露出饱满的硕果
来填满秋天的意义
外面枝头上的果实
也挤得满满的
累累的果子
已把枝头压成了
驼背老头

四季中，我偏爱秋天
不仅喜欢秋的成熟
还喜欢那爽爽的秋风
迎面扑来
每每遇到深秋
那多变迷人的色彩
会让我驻足
用眼睛去收藏

这个季节留下来的美丽
是啊，秋天里的眷恋太多
秋是我一生
都写不完的情诗

寄易安居士

生伴君，死寄囿
阴阳两界，相思永隔
试问，何故
缘未尽，待叙旧
深闺寂寞惹情忧

宋词达人，易安居士
晚来诉凄楚。碧海行云
《楚辞》翻滚，叹尽残花断肠藕
未见粉颜笑
醉了，醉了
谁识酒醉解影孤

怀旧伤夜

匆匆都为客，客过山依旧
东坡蹉跎有志，念月缺时多，圆为一刻
看过往，瞧尘迹斑斑，不堪回眸
故泪痕满腮，叹向苍天
有道是，俗难耐，仕难酬，倒尽杯酒苦难诉
酬江山，词意绝，可窥一斑
怀旧伤夜，肠断松冈

秋韵

爱听秋雨绵绵音
爱走秋路弯弯径
爱望秋叶片片浓
爱踩秋落深深印

昨夜雨

静坐室内闻蛙声
此起彼伏争相鸣
凉风扫尽昨酷暑
心情畅如空中云

爱情门锁

我们之间有一扇门
不想开时，把门关好
你不睬我
我不理你
门上有两把铜锁
想起时，相互打开
你开我锁
我在等你
我开你锁
你在等我

严寒赋

提风欲冻八万里
剑指冰心封河川
雪洒方园不留边
笑傲严寒颤断山

夜读

夜静闻书声
心脑神自清
时因在文海
语出惊四邻

轻风拂过心中的不堪

当文字
落在人间
激起的浪花
已飞向心田
灵魂
瞬间找到了方向
那惊心一触
如同眸上的花儿
直入心间
沁出涟漪点点泛澜
如轻风拂过心中的不堪

才缓缓拉开心里的窗帘
看见另一个
与自己有关的世界
起伏的心情
拽出不一样的柔软
却有着相似的感觉

游逸

静闻古筝弦外音
一指拨入远古期
心与天地同一语
此境有谁能企及

残风凋

人心本未老
两鬓先落霜
花儿无意谢
只因残风凋

闪雪

你飞得快，来了
你走得快，化了
仿佛
从没下过这场雪

哦，原来
你是一场闪雪

无风冷

腊月无风只见冷
寒气逼人手脚冰
一夜凉被未焐透
屋外更比室内阴

冬藏

春破于土，而生于风，拂晓花开
夏显于露，而暴于鸣，生死由天
秋收于实，而终于尽，朝代迭更
冬藏于静，而温于馨，坯孕万物

魂归

久不出门陌路生，更因异乡客
心易凉，有孤灯，左右相随影
楼虽不高，可远眺，仍有落魄魂归
二十余载未伤神
今昔满眼忧云，只待岁月给出回复

隔着玻璃被你温暖

在这样
一个阳光明媚的中午
我看着你是如此暖和
却不敢走出屋去
只能隔着玻璃被你温暖

夜用来过滤

经过一夜的沉淀
先前脑子里
像乱麻一样的杂念
已经尘落洗尽
只留下
清晰可见的思路

经过一夜的沉淀
先前心里
那混浊不清的杂质
已经沉落出清晰
只留下
清透见底的心明
原来
夜是用来过滤的

灵魂诊所

看着
一个个灵魂
在痛苦中受难
在无助中呻吟
我想
为这个世间
开个灵魂诊所

梦替我告别

这一夜
不小心在睡梦中跨年
没有喧嚣的迎送
没有隆重的送别
也无须刻意的等待
就这样
在熟睡中
梦替我告别了去年
又悄悄地迎来了新年

水珠落在了天空

水珠落在了天空
让天际在清澈中
荡起了波纹

悸动了空中的云
留下这圣洁的画面
为了让我欣赏
那纯粹的柔美水滴

我梦中的雪景

我爱雪的景色
每每遇见一场雪
都会兴奋，激动不已
我在夏季做了雪的梦
这是我与雪的缘分
不知我能否描绘出
这场美丽的雪梦

树上是雪的白色
如同树枝上
结满一条条雪糕
树下也铺满了白雪
没有行人走过
显得像个处女地
这银白色的世界
是纯洁的景象
引我流连忘返
停下梦中的脚步
拍照
想留下这场梦里的雪景

旷野中的雪景
美翻了我梦里的眼睛
一眼望不到边的银白色景象
夹杂着一点一点伸出来的草叶
含蓄着诗意般的美妙
还有这起伏的
大坡小埂
趴伏在田野的大地上
形成旷野中那特有的雪景

湖水在冰层下忙着奔向远方
厚厚的冰层上面又堆积着
像云层一样的雪
一缕一缕的，柔美得很
让我有种
想在上面游玩几圈的冲动

梦境中
又来到庭院周围
路面上的雪
似乎
没有旷野中的雪那么幸运
人们迫不及待地
将它清扫一空
原来雪的命运
也如此不同

每一场梦
都有它深刻的寓意
这场雪梦告诉我

到大自然去——到大自然去
你会收获更多美丽

笑容里藏着多少想念

你把我藏在哪里
我都能发现自己
除非你能忘记镜子里的我
在你心目中的位置

你将我放在哪里
我都会发现自己
除非你不再看我
也别在意我的存在

当你专注于我满脸的笑意时
可否发现
有一颗爱心
让笑容里藏着很多想念

我相信
你看花开的时候
一定会想起我
我相信
你观碧水秋波的时候
一定希望有个我也在那里
我相信
你赏蓝色的天空时
也会希望有个我就站在你身旁

我相信
当你独自行走在旷野时
一定幻想有个我的出现

你让时光
在每一个黑夜里
都载着思念
你让每一个黎明
都带着相思

这一年年
这一天天
这每一刻里都有想念
你好，镜里镜外的我们
愿我们
都能顺利度过情感的劫

未来的尽头

我知道
我离未来有多近
它就在我前方的不远处
当我看见那座隐约的山峰时
心中油然生起几分稳定的情绪
比起之前的迷茫
未来已经不再虚幻

每一次的迷惘，就是一个路口
每一次的艰辛，就是一个坡坎

每一次的险阻，就是一条河流
每一次的穿越，便有另一番风景
每一次的体验，又是如此真切而不同

未来是什么
未来就是你内心深处
那条看不见却能感知的路途
是一条布满荆棘
而又铺满鲜花的路径
在这条路上
你要义无反顾地向前行走

无论路途
需要经历怎样的考验
都不要忘记自己的初心
始终将那个未来放在心头
让它不要偏离轨道
未来的尽头
胜利必将到来

想将你写进诗里一起怀念

你完美得像诗
信手拈来又浑然天成
澎湃出浪漫情愫
世间最美丽的爱情
与最美丽的风景
都不需要刻意地安排

每一个清晨与夜晚
我用诗的浪花
映照人间清欢
不敢有丝毫懈怠
每个季节里的诗意
都让我的心脉与诗心一起跳动
那有旋律的落叶已飞入眼帘
让人描绘出它的优雅姿态
我随手捡起一片红叶
用心抒发这个季节里的情怀
想将你写进诗里一起怀念

花香花又开

每一次的坚持
都像一次花的怒放
体会了坚强的滋味
也闻出了倾世的花香

在春暖花开的季节
看着怒放的花儿
美丽着自己的心情
我开始不羡慕谁
而欣赏自己的美丽

尽管攀登的步履有些艰辛
可每一步
都在缩短我与山顶的距离

站在山巅看天赏地
那辽阔的天地
是我喜欢的风景

我坚定着我的坚持
彰显了我韧的品质
每一天的我
都活在有效的生命里
那是人生意义的福地
属于自己的花香花又开

最尽兴的美意

这觉睡得真香
一觉醒来
天已大亮
心情清朗又舒畅

我决定
今天必须完成工作
我在床上打了一个哈欠
伸了伸腰、双腿与脚

今天，算是来了
我在今天
做了一些该做的事
又在今天
某个不经意的时间
突然想起

另一件事
到了那里
又被所见之物提示
还需要去做几件
近期更重要的事

当事务一件一件做完
我又要回到
今天的计划之中
将本该今天做的事情全部完成

时间不多不少
事，却被我做得很漂亮
这大概就是今天的意义了
在未来任何一个时间想起此时
都充满了最尽兴的美意

活着的理由

有些事
我不想说明白
是因为
有太多说不明白的事

有些事
我说明白了
你又未必能听懂我的意思

有些事
我不说了

你反而已经
知道了我的意思

有些事
根本就说不明白
自己也不会懂
你又何必来难为我

有些事
确实就这么糊涂着发生
据说
这就是生活中该有的真实

是啊，人生只要有
一两样可以喜欢的东西
一两位可以聊天的人
一个简单的理由
你就有必要认真地活下去

荣光

在经历痛苦之后
在经过苦难之后
在历经磨砺之后
在心碎到
竟然可以修复之后

我似乎
被拯救了过来

在遇到善之后
在遇到爱之后
在遇到我之后
我的人生开始转变

我找到了
幸运又幸福的路径
坚定地勇往直前
像那位女人
已活出自我
在那儿独享自己的美景
又赏人间风光

我对她的人生轨迹
有些着迷
用非常好奇的目光
想去追寻她神一般的存在
又无法触及

是啊
她已使自己活成了传奇
活成了梦的女王
活出了最了不起的自己

我好羡慕啊
很想问一句
你是不是
心中一直有灯塔

你回不回答我
我都相信这就是答案

我带着兴奋
要像你一样继续前行
在那个地方
我们的幸福港湾，相聚
这是终生难忘的荣光

我懂你的脚步
我知你的前方
我要沿着你的路线
和你一样
让自己发出万丈光芒

秋眠好香

秋眠好香
一觉醒来已近九点
还想再睡一会儿
秋眠好香
带着眠香
逼着自己起床
因为
这个秋天一直很忙

无尽的颜色，大地上的花

岁月
稀里哗啦地敲打着人间
落了一地捡也捡不完的沙

我在风中勾起凌乱的发
用眼睛
寻找落在地上的发夹

天空的晚霞落不落幕
我都要回家
那使我能找到安逸的温暖

湖水不停地
想打出海浪一样巨大的花
却被溪流劝得意兴阑珊

我终于有了挣脱的力量
思想已没有了界限
想象已如天空的云霞
无尽的颜色
是大地上的花

中秋，一个来自家乡的梦

中秋的夜里
到处飘着思念的气息
即使
你没有思念谁的心思
也有远方的乡情
送来一个个期盼

噢，还有故乡
值得我去思念

那家乡的亲人
用最朴实的笑脸
令我久久难忘

中秋节
真是个特殊的日子
有着古老的情愫
那里承载着
灵魂相聚的倾诉

我被这样
一个来自家乡的梦
惊醒了
是啊，为什么
“每逢佳节倍思亲”
为什么
《水调歌头》经久不衰
总有相似之处耐人寻味

世界上，最可怕的人是谁

世界上
最可怕的人是谁
我来告诉你

世界上最可怕的人
不是最聪明的人
而是最愚蠢的人
他会因任何一件小事
去毁坏一件大事

世界上最可怕的人
不是最有学问的人
而是最无知的人
他会用无知毁掉
他不知道的价值连城

世界上最可怕的人是谁
不是有识之士
而是最愚昧的人
因为他会毁了自己而不自知

一个被爱浸泡过的女人

一个被爱浸泡过的女人
总是笑容甜美
既能忘记衰老
也能忘记年龄
在岁月的尘埃里
灵魂依旧光鲜照人
红尘滚滚
我自安然淡定

一位被爱浸泡过的女人
懂得内外兼修
既能认清苟且
也能独善其身
洞明世事
任世事无常变迁
我自安好

做个有温度的女人
乐天知命，有善有恩

一个被爱浸泡过的女人
历尽沧桑
总能随遇而安
化雏成凤，我自欢欣
既可拯救自己
也能自我疗愈
还可拯救他人
做到上天不亏待我
我定不辜负上天所赐
内心沉稳，气清纯正
感恩天地抚慰灵魂

一位被爱浸泡过的女人
懂得感恩
豁达开朗
任风雨磨砺助灵魂升华
做个不老女人
自然流露大美之气势
光鲜柔润

生命的永恒

我把你输进骨髓
你成为我的力量
我把你融入血液
你成为不止的运动

我把你放归大海
你成了宽广的胸怀
我把你放飞天空
你便是那翱翔的雄鹰
而我，只想将你留在心中
让你成为生命的永恒

我听到了静音

突然的静音
让我走近静的天空
不知什么原因
怎么就没了声响
夜深了，好静啊
整个夜都被调成静音模式
连翻个身的声音都觉得很响
周围的世界已处于关闭的状态
此时用万籁俱寂形容一点儿也不过分

我近赏着静
我生平第一次发现还有静的世界
它一直都在喧嚣的背后存在着

此刻
我真切地听到墙上的秒针
在嗒嗒奔跑的声音
已证明我的耳鸣已无事
我听到了静音

喜欢墨香深处遇见你

喜欢在每一个清晨
读着文字找到你
喜欢在文字里
遇见与心情一样的文字
喜欢在文字里
测出此刻的波澜心绪

喜欢在文字里
独自流浪，漫无目的
游荡在自由的心际
喜欢在墨香深处遇见
那个倔强又执着的你
因为懂得，所以痴迷

我爱文字里的你
很懂我的心情
感谢自己用大把的时间
在文字里旅逸到无忌

喜欢在文字里想念一个人
喜欢用文字怀念过去
是文字将我的记忆留住
喜欢在我的文字里有个不变的你
更喜欢文字里
那个坚强而又可爱的自己
喜欢在墨香深处遇见你

想飞，就自己展开翅膀

她给不了你什么
在她身上，除了落后的观念
还有陈旧的思想
即便她把所有都给你
也给不出你的希望
算了，还是靠自己一点点坚强
哪怕在这个季节
只收获一阵冷风

他给不了你什么
在他身上，除了腐朽的思想
还有不合时宜的观点
即便他将所有都给你
也给不出你的想法
算了，还是靠自己一点点铿锵
哪怕在这个季节
只收获一朵雪花

她，他，他们
那仅存的一点点善良
已被浪潮掀翻在最不起眼的地方
微弱得发不出一丁点儿的光
算了，还是自己努力发光
哪怕只是将自己的一生照亮
不再责怪谁
想飞，就自己展开翅膀

我是一粒尘埃

我走进尘土
成为一粒微小的尘埃
无声无息
甚至感知不到

你不想见我
我也无处不在
你想见我
我未必让你见到

我是一粒尘埃
但这世间任何一处
都会有我的存在
会随时驻足
也会随时飘移
你没有看到我来过这个世界
也没有看见我走出这个世界

彼岸花开

彼岸花啊
原来你是粉色的
你那高高竖起的花儿
成林成片
美得让我不由自主
拍下你的美颜

彼岸花啊
你是不是在等此岸的绿叶
还是你孤芳自赏
只顾彼岸花开
无须绿色衬托
还是，这已是一种圆满

彼岸花啊
第一次遇见你
我便爱上了你的粉嫩
你多像十六七岁的少女
有着人见人爱的容颜
又有女孩儿的腼腆
美丽就是你的彼岸花开

与生命握手言和

有时候
我想表扬一下努力的自己
生命说
那是它该做的事

有时候
我想批评一下懒散的自己
生命说
那是它该做的事

有时候
我想拥抱快乐的自己

生命说
那是它该做的事

我在沉默中微笑
与生命握手言和
欢畅的生命
回我默契一笑
从此
我们成为世界上最好的知己

谁懂彼此的彼岸

好想走近稻田
去闻闻稻香
好想走向荷塘
摸摸荷叶
好想走到桂花树下
去嗅嗅桂花的香味

车子啊，你行驶的速度
是那么飞快
让我来不及流连这儿的风景
你已将我看的景色移开

从你起程开始
就有了终点的等待
我在车内浮想联翩
心思已飞向天际
我用眼睛去追天上飘荡的云

你漫不经心地将雨刮向两边
我的目的地已到
挥手告别同行的伙伴
你又默不作声地
向下一个终点飞驰
是啊，谁懂彼此的彼岸

我心中一直有个远方

我心中一直有个远方
它让我有了坚定的方向
每一个脚步
都迈向它
每一次兴奋
都会令我为它疯狂

我心中一直有个远方
那是我的梦想
那是抚慰我灵魂的地方
那是我永远的故乡
我会在那儿安放我的灵魂
让灵魂有一个完美的梦乡

冬天不冷，就记不住冬天

我还好
没有忘记春天
春天里的每一朵小花

都会告诉我
它有独特的芳香令我牵挂
让我期待下一个春天

我还好
没有忘记夏天
夏天那旺盛的绿色
传递此起彼伏的蝉鸣
接住了挥洒的汗珠
令我久久难忘

我还好
没有忘记秋天
成熟后是满满的收获
春天的芳香
和夏天的汗水
到秋天都有了答案与归宿

我还好
更不会忘记冬
冻雪寒凉
水冰成溜
冬天不冷，就记不住冬天

清醒

所谓清醒
就是时刻清楚自己的优势
明白自己想要什么

懂得自己该放下什么
知道自己应走向何方

现在
我信任自己的程度
已超过世界上任何一个人
比起自由，我更想像只大鸟

而此前，这个世界
一直被我封存
如今，我打开我的天空
展开翅膀飞向天际
我深信它的美丽与辽阔

时代的浪潮

总觉得
只有在中国的土地上
我才能存活
总觉得
这片土地适合我居住
总觉得
中国的美食让我吃不够

总觉得中国的土地上
大部分的人
都是有善良基因的人

总觉得这个世界

需要有那么少部分人
带领大部分的人前进

总觉得
有一个声音让我继续前进
总觉得
那股力量是我的动力
总觉得我的脚步只有前行

总觉得风刮向哪里都是前进
我走向想去的未知也是风景
当然
当我回头看去，还是风景
我的世界一直都充满喜庆
如时代的浪潮
涌向哪里都是新颖与别致

成长是一种幸福旅程

后来，我能决定的事
开始多了起来
特别是对自己的事
对工作的事
有了明显的决定权
这应代表一种独立

另一个我立马回答
不一定
只能证明你在成长

好，好，好
一生都要成长
一生都在成长
这似乎是上天的设定
不成长就意味着与时代脱轨
我深深地吸了一口气
这是一条没有选择的路径

我需要成长
哪怕在最后一口气时
也要带着成长的心去天空
我习惯于这样的方式
我亲身经历这样的成长
能成长应是一种幸福
我决定长期打开成长模式
让自己的心和眼界更加开阔
成长是一种幸福旅程

攀登

我总是想将自己
融进这个社会
去探寻社会里的真相
用非常真实的故事
书写出一些有用的语言
去无缝对接这个社会
毫无畏惧

如今，这个社会
被我一读再读

已生出几分好感
去战胜自己吧
去争取自己的胜利
我看着自己在成长
每天都会逼着自己
去挑战未知的领域
对我来说
这是一件多么有意义的事情

我因无法面对平庸
更害怕被平庸裹挟
便不断地去提升自己
是啊
古往今来
总有人很努力，又很优秀

我害怕
用万分之万的努力
换不来千分之千的优异
我害怕用万般努力
仍摆脱不了平庸

这是没有尽头的攀登
我向同路人发出邀约
如果不怕，就努力
因为，人生只有一次

我每天都在看着自己成长

我努力的结果
是终于找到那点活着的意义
我努力的意义
体现为通过不断学习和经历
提升自己
这样的认识
是将现在的我与之前的我
进行了长期比较而得出的
是啊，我优于过去
我在一步一个脚印地优于过去
这是值得庆幸的事
我每天都在看着自己成长
这是值得欣慰的事
一个有着质的飞跃的我
来自我的奋进

慢慢地，我看清了自己
也看清了周围
慢慢地，我看清了过去
也看清了将来
慢慢地，我不再困惑与焦虑

是啊，我变了
变得很有驾驭力
很有目标感
有那么一点成就感
我对自己不断提出挑战
能量在我体内发出铿锵之声

一直走向远方

我相信我的生活
平静中充满了沸腾
安静里装满了斗志
我来到这个世界
就是对自己进行彻底改造
我除了工作
还可以与读者相依相伴
并肩同行，快乐同心
我用最坦诚的心
书写人生感悟
朋友，我要告诉你
我会和你一样
平静而又热烈
去阅读这个世界
一直走向未来的远方

将永恒的智慧留在人间

我不再
强求谁变成什么样子
不再
要求谁必须怎样
我所能做的
就是永无止境地提升自己
然后去做我认知范围内
力所能及的事

是啊，这世间想做巨人的人
绝不是那些口若悬河的人
而用心脑合一的行动
用十倍、千倍、万倍的努力
来提升自己的人

是啊，谁的经验
都只是大象身上某个小点
尽管，他们用尽经验与感悟
去剖析自己的所遇

智慧的长河里
必然有众智的集聚
必须有新鲜的智慧
与时俱进地注入其中
也必将淘汰一些
短视人的小聪明
并将永恒的智慧留在人间
这也是宇宙的规律

天意之光

在我的心里
早已建成一座城池
早就建好了一个大花园
早就有了栖息的地方
今早，我还在心里
给自己穿上了漂亮的衣裳

美呀，美呀
一身不老的羽翼
神奇地与我融为一体
美呀，美呀
再也无须脱下
这抢不走的羽翼

美呀，美呀
一会儿五颜六色
一会儿一身纯蓝
一会儿洁白如雪
在各种色彩中自由变换

美呀，美呀
那内在的美呀
从我体内散发出光
彩色的动态光环

有人说，那是智慧之光
有人说，那是自由之光
有人说，那是能量之光
可我觉得，那是天意之光

逆袭就是超越

逆袭
一次次逆袭
只是从那个底层
来到这个底层

逆袭才有机会获得
逆袭才有可能发生
逆袭才会拥有未来

自从
上天给我一个起点
我就像一粒逆袭的种子
只有逆袭，才有可能超越
我又像一条逆流而上的鱼
只有逆游，方可到达前方的水域
逆袭就是超越
逆袭已是我的常态
只有逆袭，方可成就鼎盛人生

谁最可亲可爱可敬

从现在开始
只比开心
只比快乐
只比谁更年轻

从现在开始
只比健康
只比运动
只比谁最幸福

从现在开始
只比贡献
只比价值
只比谁最懂得付出

从现在开始
只比长寿
只比无价
只比谁最可亲可爱可敬

改变环境，就能改变命运

想改变命运
就先从改变环境开始
环境的影响力
可不能小觑
在不同的环境里
去感知差异
只有当事人
最能感知那巨大的差异
能给自己带来的震撼、启迪

遇到不好的环境就走开
遇到好的环境就倍加珍惜
改变命运的方法很简单
要想改变命运
就从改变生存环境开始

我的天空祥云满天

我去追逐
我的诗和远方
请不要为我担心

我的路
一直都在我的脚下延伸
未曾迷失，还很开阔
自由、坦荡、率真
我爱这样的自己
每天都活得光彩照人

我去追逐
我的诗和远方
请不要只是羡慕
你也可以行动
岁月并不无情
花香满溢，枝繁叶茂
一切都在美好中被眷顾

我去追逐
我的诗和远方
那儿全是我的欢喜
好友多多，好事连连
景色诱人，心如皓月

我去追逐
我的诗和远方
远方不远
近在咫尺
拒绝平庸，心如清泉
活出韵味，精彩呈现
诗和远方太有魅力
愿追一生，无悔无怨
如今，我的天空祥云满天

找一个静的理由

我安静下来
为一切的不完美
找一个静的理由
好重新出发

像夜幕降临
用整个夜去沉淀
好在晨光到来时
一切清新
我在岁月的走廊上
总想找一些
与青春有关的话题
来告诉岁月，我还年轻

细胞
好像已开始老出皱纹
在细微的眼角处
写上了年轮字迹
尽管，那颗心
还是颗童心

我不能原谅的是年龄
一直都在跟着自己
默默地记录
勤奋到不知疲倦

我不知道
还能为自己做点什么
哪怕是一次自我问候

我安静下来
只想认真地告诉自己
网络时代
会让人们更加忙碌
能静下来
也是一种奢侈

香奇花

南京的灵山很小
被一朵朵
不知名的小花覆盖着
一阵阵花香沁人心脾

一阵轻风吹过
我顺着花香嗅去
一朵独特的小野花
静静地在草丛中绽放

我止住了脚步
停下来欣赏这无名小花
它只有四个花瓣
芯内竟怒放出六十多根花蕊
每一片叶子上面
都有被虫侵蚀过

留下的斑斑点点的伤痕
可这并没有影响它怒放时散发的香郁
几乎整个灵山
都装满了它的花香

我由衷地敬佩
山上这些无名的小花小草
它们从生到死
从死到生，经历着各种磨难
却仍彰显它们顽强的生命力

想想那些温室里的花儿
被百般呵护
却终究比不上山野中
这些细枝斑叶的坚强
温室里的花朵再美丽
终究比不过
这山野中小花的芬芳

无名的小花啊
你们才是自然界中
最真的花香之王
顷刻间我沉醉于
这浓浓的花香之中
久久不肯离开
久久不愿离开它的花香

把月亮的光调亮

今晚
月亮掉在了地上
天上的星星
成了今夜天空的王

几个人
围坐在月亮周围呆望
好像各自想着自己的希望
月亮成为地球上的不速之客

我多希望月亮能自己飞翔
飞到原来的地方
我把月亮的光调亮

在一朵花里醒来

天亮了
在一朵花里醒来
昨夜被风撕碎的雨线
还停在潮湿的地面
静静地告诉人们
它们在昨天的夜里到达
似乎，这朵花
也在昨天的雨夜悄悄地绽放

一朵盛开不败的花

被阳光一直宠爱的女人
内心充满了光亮
被水花滋润过的女人
一直热爱碧波荡漾
被绿色包围过的女人
会有充满活力的青春
被花香熏醉过的女人
会有她一生的浪漫
被真爱浸透的女人
是一朵盛开不败的花

花香满天

你的笑容
是我抹不去的春暖花开
你的笑脸
是我难忘的情怀
你看
我的世界能装下你的一切
花香满天
还有谁能替代
那些留在我心中的美丽
我问星星
我问月亮
我问蓝天
我问满天的月光

你看，每一朵花瓣上
都留下我长长的思念

秋天里最后一朵花开

昨晚再一次被风
吹拂成
让我认不出你的模样
那残留的往事
带着点点刻骨的倦意
加深了疲惫后的遗憾
我在仅存的热度里
寻出一点点的温暖
一次长长的想念
从昨天的雨中透出了
孤独的凉意
在水杯中
溶解出丝丝柔美的雾气
风吹开了
秋天里最后一朵花
也吹走了花瓣上的香气

那些忙碌一天的人
已在广场上跳起了舞
短暂的狂欢过后
又带着各自的故事回家
这又让我想起
那秋天里最后一朵花开

这个秋天我最红

这个秋天我最红
像红透的果儿
如红透的叶子
在这个季节
装点着秋色的美丽
是啊，秋天里哪一点红色
都红得色香迷人
这个秋天我最红
如天空的晚霞
如水波里徜徉的红金鱼
如炫酷的鸟羽红
如红艳艳的中国红

这个秋天我最红
红透了大江南北
红遍了整个世界
也红透了我的一颗中国红心
来炫靓这个季节里的美韵

这个秋天我最红
红得可爱，红出大美
红成秋乐，红得诱人
在秋天里
哪一种红都红出了震撼
红成了秋天里的明星

这个秋天我最红
只要你有赏秋的心思
那些深秋里的红
便带着红彤彤的美丽
瞬间跃入你的眼睛
给你最美的心动
红是秋天里最炫美的景观

拯救笑容

现在有一些人
不会笑了
要么忙于生计
要么苦于学习
要么陷于情感纠结
在不同的环境下
已无法看到太真的笑容

而能笑
或爱笑的人
在不爱笑的人群当中
已成为
最显眼的格格不入

那些能开怀大笑的人
坦诚的笑声
已变得稀缺
甚至
是一种珍贵

那些能微笑的人
也都成为一种难得

假笑
不情愿的笑容
或迎宾笑
却成为一种盛行

难道笑容
也开始变异
难道笑容
也在进行生死博弈

那些爽朗的笑声
那些天真的笑脸
那些纯真的笑容
那些坦荡的笑意
都需要保护

让笑容回到人间
让笑容温暖人心
让真笑回归大地融化冰冷
让最原始的纯真笑容不遗失
保护笑容已到了刻不容缓的地步

允许笑容灿烂
需要宽松的环境
允许笑容甜美
应是幸福的标准
请让笑容回归人类

请问，今天你笑了吗
保护好我们的笑容
应是我们每个人的责任

在快乐的时光里走来走去

我没什么好炫耀的
就像我没有必要
在饿肚子的人面前
炫耀我吃饱了
我没有什么值得骄傲的
就像我本该如此
只是通过无数次的翻山越岭
才来到这个本该来到的地方驻足

我也没有什么值得纪念的
就像我不愿回过头来
去想过往的伤痛
我宁愿选择遗忘
也要将过去掩埋

我活着
是为了今天和明天
我还喜欢畅想未来
有那么一群欢声笑语的人
和我一起
在快乐的时光里走来走去

一缕阳光从远方照来

我知道
我的价值在哪儿
所以
我不接受任何人
去低估我的价值

我不同意
也不允许任何人
去伤害我
和我的成果

我的魅力
你可以欣赏
也可以赞叹
还可以仰望
唯独不可以毁坏我的形象

我和这个世界
都需要和谐与文明
我对这个世界
充满了善意和友爱

我多希望
在社会进步的同时
人性的建设同步进行
去正视人性发展的历程吧
去将人性作为一门学科进行研究

尽管
人性复杂
但善意一直都在
看，那一缕阳光从远方照来

当我老了，我还会写诗

当我老了，我还会写诗
我不着急
在安静的地方感受诗的韵律
喜诗的寂静，爱诗的柔情

当我老了，我还会写诗
诗是我的伴侣
或是我的闺蜜
与诗对饮午后的茶
闻杯中茶雾的飘逸
聆听窗外鸟飞时留下的余音
与诗窥视幽灵的游离
在静谧的地方优雅老去

当我老了，我还会写诗
古乐萧瑟，诗意未尽
随曲由心
感悟溪水禅院的幽静
点点洗净世间的尘埃
让逸致伴我悠然老去

当我老了，我还想写诗
灵感已离我远去

肢体已不由自己
不用着急
有我曾经的诗句
换我暮年的孤寂
度我哀戚时的沧龄

当我老了
终于走完了属于我的人生
请别哭泣
请勿悲切
诗会延续我的生命
诗会回忆我的过去
诗会引陌路人
知我，曾精致过的生命

我用微笑回馈过去

从那天起
我就该放弃
松手是我唯一的选择
这不仅是上天的安排
也是我在世俗面前
将头颅低下
然后，再高高昂起

从那天起
这场游戏就定好了结局
挥挥手，我不留恋过去
过去，只适合回忆

感谢过去
它让我懂得了如何识人
在过去的岁月里
我收获了人生该有的滋味
我在寂寞的时候偶尔会想起
不值一提的往事
是啊，我用微笑回馈了过去

从此，我下定决心
走出去——走出去——
我要用这憋屈已久的能力
闯荡江湖去
在经过无数次的汗水洗礼
我终于有了自己的天地
为此，我想为自己庆祝

是啊
人的生命只有一次
千万别等后悔莫及
再去改变自己
我希望我的生命
不仅是绽放的花朵
更要有经久不衰的勇气

如今，我终于可以将
之前种种的设想拿出来实现
并将我的美梦兑现为真实
不再随波逐流
不再随意被人消耗
我和我的自由一起回归

是啊，感谢过去
感谢那些或好或坏的所遇
给了我很多人生路上的提醒
我怀着一颗感恩的心
面对未来，坚定自己

落在人间的智慧

春天的早晨
空气宜人、爽朗
我却被一夜的梦牵绊着
挥一挥手
告别昨天的梦
招一招手
晨风已无处不在，送来清凉

窗外的树叶已将树枝铺满
鸟的叫声从树叶里传出
唱着它们才懂的晨欢
我又为昨晚的梦纳闷
那落在人间的智慧
已捡回了几个，没人去数
思想又回到过去
我曾站在苍莽的山巅
遥望更远的山峰
脚下的风疯狂地掠吹云雾
晚霞温柔地露出满脸的红晕
柔柔的，与风景极不相称
这多像我梦里的景象

过着最真实的小日子

秋天，我想到了一场浪漫
过往总有些不经意
将尘封的印记搬出来让你忆起

那古老的园子和古老的民风
像长了翅膀一样
在不经意的某个夜里
送来往事的回忆

我在远古大概也曾经历
在光秃秃的田野里
将爱钻土的泥鳅挖出一地

长长的豆角和那到处延伸的长藤
有着没有边界感的长势
让左邻右舍也能饱尝它的果实

我在很远古的梦境里
竟然有了自己的房子
虽小犹暖的温馨
与现代的城市大厦
形成鲜明的对比
让人感觉这是两个不同世界的故事

在经历过的人生中
形成了一幅幅不同的画面

风可以不刮，但我仍要起床
尽管昨夜的梦
将我带到遥远的过去
但我还是在醒来时
瞬间就回到现实
过着最真实的小日子

为了远方迈开脚步

此时，我是幸福的
那么，我必将选择继续幸福
此时，我的生活是美好的
那么，我必将选择继续美好
此时，我是安静的
那么，为了远方
我必须继续迈开脚步

爱会过期作废

小时候
我盼望父爱和母爱
可得到的
却是来自奶奶的疼爱
长大了
对父爱和母爱的渴望
已不再那么强烈
而父亲和母亲对我的关爱
似乎比以往多了起来
而我已不再有渴望

我曾无比渴望
来自爱人的关爱
可令我失望到
放弃对爱的奢望
经过千般磨难的我啊
开始相信
没有爱情与婚姻
照样活得精彩

我也曾
为了所谓的事业
付出满腔热血
忙到不知为谁奉献
当真相摆在我面前
我开始怀疑
我的奉献是否值得

如今
过去已被我踩在脚底
成为我走向前方的路基
有些爱会无怨无悔
有些爱会过期作废
有些爱可以忽略

假如一切都有尽头

假如一切都有尽头
那么该来的
与该去的
都会在某一时间进出

就像，昨天与今天
今天与明天
总有个恰当的接口
来完成新与旧的转换

记忆也有新陈代谢
那些过去不久的事
仿佛
加速远去

好在，那颗踏实的心
时刻左右着我的灵魂
在充实的时光里
用那些碎片一样的点点滴滴
来完成你我
那各自不同人生轨迹里的故事

给自己留点寂寞

请给自己留点孤独
那不是无人理会
而是在属于自己的独享空间
放松心情
无拘无束
做自己想做的事

请给自己留点寂寞
那不是形单影只
而是一种最好的自我享受

独享寂静
独自微笑
让现实的尘埃落定

请给自己留点思考的空间
那不是封闭
而是一段心灵的独白
上下求索
内外兼修
寻找人生的归宿

我的人生没有上限

在发现我的天赋后
我用业余的时间写作
十年后的今天
我成了作家
都说“十年磨一剑”
我这十年大概磨了很多把剑

我用工作时间
成为多个行业的专家
用休息的时间成为玩家
用睡觉的时间成为梦想家

然后
我又有了哲学家的称号
思想家、教育家、经济学家
都是我轻而易举进攻的目标
将来还有可能成为意想不到的什么家

如成为摄影家、旅游家
都不是什么难事
最终成为人生大赢家
我的人生没有上限
因为，我赶上了好时代
相信你也可以，加油

留一笑致青春

是我狠心选择了离开
是我绝情
一去便没有了踪影
是我有太多的想法
没去顾你的种种原因

也许，你一直这么认为
也许，你一直抱怨我无情
也许，你决定
将我忘得一干二净

真希望某一天
你能豁然省悟
每个人都有自己的人生
那样，你就不会纠结
我义无反顾的抉择

我从那一拨人中走出
来到这一拨人当中
天地
已换成了我喜欢的天地

如今
天是我喜欢的天
地是我喜欢的地
我想，你一定会为我高兴

如果你看到
我此时开心的样子
如果你知晓
我此刻的心思
我想
你一定会支持我的决定

来日方长，朋友
将距离带来的想念
留作不期而遇时的惊喜
诉说别离后的心情
让你看我时
有一分别来无恙的友谊
让我赏你时
有一种不变的情义
让我们留一笑致青春

已在地球定居

我知道
我去过另一个星球
那里只有风沙飞石
后来决定
还是留在地球定居

我知道
我曾被闪电赋予过能量
那巨大的电能
足够让我抵御任何寒冷

我知道
我是太阳最关爱的人
它总是
不停地赋予我能量
让我的光环夺目璀璨

我知道
我被月亮无比宠爱
它总是
赋予我诗意满满

我知道
我还是天空中那只翱翔的鹰
我无比欣慰
这无处不在的美好
让空气与心灵都充满了欢喜

能感知的距离

我们之间的距离
是能感知的距离
一笑一气之间
有着我们可以衡量的间距
这样的距离

不因江河的宽度而拉大
不因路途的遥远而陌生
这样的距离
就在你我的心里

需要动用天尺
才能丈量出里程
而我，好想去丈量
人与人之间
那数不清的距离
好让我能一一应对

我总是积极向上

我的志向总是很满
好像塞满了整个人生
也满足不了我不少愿望

我的想象总是丰满
好像没有留下半点遗憾
或将遗憾变成了无憾

我总是积极向上
乐观开朗是我的本色
阳光一直都在我的上方
照着我，不见黑暗与迷茫

我总是喜欢欣赏和遇见
总想将美好全部留在身边

或收入眼帘，藏进心理
变成美妙永久存在

我不停地远离是非
已让自己来到了清静的地方
森林与草地都成为我的伙伴
溪流与花朵变成我的知己
大山是我坚强的靠山

即使有黑夜
我也会望向天空，与星星为伴
即使被雨淋
我也会将雨点变成收获，滋润心房

台风与轻风都是风光
知道它们
会降服在我的平静世界
大海一直都是我的美景
我不惧怕，而是欣赏
丰富的人生到哪儿都是圆满

轻松上阵，再轻松谢幕

无论，我怎样去描述
那种喜悦
都表达不尽内心的感慨

无论，我怎样去塑造
那种神圣
都难画出那份美丽

让所有的幻想
都变成远飞的诗行
看它在尘世漫舞悠扬
去更远的远方周游不懈
看它轻松上阵，再轻松谢幕
一场一场不知倦

有谁如我一样

有谁如我一样
就这么感觉着
在大海里航行
就这样感觉着
有飞翔的翅膀
就这么真实着
如梦一般景象
似乎活得
每天都有效
每天都算数
每天都新鲜
此时，真想知道
还有谁如我一样

我需要几个知己

我需要几个知己
一个不够
红颜、蓝颜都好

现在社会发展太猛
需求太多
带来的困惑令我头晕
人生多个知己
就多几分稳定

我需要几个知己
两个不够
红颜、蓝颜都好
陪我一起沉默
和我一起放松
让智慧深邃无底
让开心飞向天空
人生多个知己
就多几分稳固

我需要几个知己
三个不够
红颜、蓝颜都好
休闲时光
陪我进入浪漫时分
享受一会儿温馨
人生多个知己
就多几分温存

我需要几个知己
四个不够
红颜、蓝颜都好
时刻知我心意
随时解我烦忧

永无倦意，友谊长存
人生多个知己
就多几分温暖

我需要几个知己
五个不够
红颜、蓝颜都好
人生如戏，真情是真
坎坷人生，不改初心
携手同行，追求卓越
人生多个知己
就多几分感恩

在这个时代踩上我的脚印

自己给自己勇气
在这个时代踩上我的脚印
在我的岁月里
留下深深的印迹
现在的我可以暂停
也可以前行
还可以转身
这似乎
在考验探索者的恒心
前方的路已不太拥挤

是啊
真有一种弄潮儿的感觉
只听身后的人们在那儿大声喊

回来——回来——回来——
前方危险
如同真怕看不见我的身影
此时，我可以停止
也可以转身
还可以继续
这似乎
在挑衅远行者的决心

而此刻的我
决心已无比坚定
没有谁可以让我故步自封

总有人在背后喊我回去
我可以停下来欣赏自己
也可以转身回到那人群
炫耀一下离开时的感觉

另一个我
突然说：不
不愿意接受平庸
那个我向自己喊：怎么可以——
怎么可以——怎么可以——
这只是启航
你是听从平庸
还是听从来自内心的呼唤

前行的航标已被锁定
走下去才是我唯一的坚定
我，不能回去！
我向自己坚决地回应

我用心平气和的心语
对自己说：你可以有短暂的犹豫
给你自己补足勇气
请背上你的行囊继续前进
这时我又听到身后
发出无奈与不解的叹息
也听到鼓励者们的支持和赞许
此刻的自己真的需要给自己勇气

我望向远方
前方似乎有盏塔灯
我朝着那个方向继续前进
我已走在人烟稀少的路径
独自前行——独自前行——

我感知
这是一条美妙的灵魂之旅
我能有多坚定就有多美丽
我能有多努力就有多绚丽
我要在这条未知的路上
留下我自由前行的足迹

智慧到无声有形

每个人心中
都藏着一分浪漫
温馨提示美妙人生
只有自己
懂得欣赏自己
回味到醉梦时分

每个人的心中
都藏着一种执着
如自由的能量
只有自己留给自己珍惜
珍惜到不舍

每个人心中
都藏着一些秘密
不可外泄
只能自己保管
谨慎到不会忘记

每个人心中
都藏着一缕思绪
眸里寻芳千百度
只有自己知道
自己的心思
直到极致沉静

每个人心中
都藏着一生的寻觅
不露声色
只有自己
明白自己在追逐什么
智慧到无声有形

浅秋的你

昨夜
秋凉与秋风

找到了回家的路
一大早
如不添加些衣物
还真有点
凉凉的冷意

树上的叶子
还在树枝上茂茂密密
丝毫没有飘落的迹象
蝉的鸣叫
似乎，已销声匿迹

我从衣柜里
取出了适中的衣裳
虽有些单薄
却能应付还在浅秋的你

传奇过后还是传奇

平常的日子
晴天多的时候想雨
雨天多的时候盼晴
何不用顺其自然的心态
接纳每一天的给予

岁月静好
愿人人都心满意足
看花香鼻，闻音识君
见你就笑，想你温馨
在热爱里充满活力

爱是神奇的祖母
爱是太阳的眼睛
爱是大地四季的美景
爱在心中已成奇迹
但愿，一生有你
但愿，传奇过后还是传奇

我愿蹉跎那段岁月

回到梦的地方
想找回当初的你
是如此执着
那时的我还不能够理解
真正意义上的执着

走过多少路途
经到多少次醒悟
才解答了我的困惑
但我在梦的那条小路上
已无处寻觅你当初的身影

走过的岁月，后悔也没用
无论我将来如何
都会感激过去的那个自己
任岁月飞逝
我都不会忘记过去的美丽
我愿蹉跎那段岁月
任时光在梦里虚度

诗做的秋天

诗做的秋天
到处蕴藏着美丽的诗篇
走进秋天
稍不留神
就能踩出几首诗来
信手拈来
便是一首好诗
抬眼望去
便能收获满篇诗句
秋天啊，秋天
你是最富有诗意的季节

诗做的秋天，诗意太浓
站也成诗，坐也成诗
留也成诗，落也成诗
圆也成诗，缺也成诗
动也成诗，静也成诗
秋天啊，秋天
诗做的秋天百顷不尽

枫叶，秋天里最美的新娘

枫叶，为了来看你
我忘记了回家的路
走向你
你像待嫁的新娘

给秋天献上喜庆的女儿红
走向你
捡起你暗送秋波时
留下的羞涩
夹进我的书页

枫叶，秋天里最美的新娘
为了来看你
我忘记了回家的路
走向你
那不曾诉说的心语
让层层叠叠的红色的掩住
成为我不可触摸的疼痛
枫叶，为了来看你
我忘记了回家的路
走向你
你给我漫山遍野的红晕
我送给你难舍的眷恋

诗会泄露我的一往情深

你走进我的诗里
成为主人
个性鲜明又爱恨有度
我小心翼翼
呵护着你的纯真
像爱护眼睛一样爱你
你认真的样子
让我不敢有半点唐突
怕扰了你的深深情丝

你来我诗里
我用满脸的笑容
送给你回忆
好让你记住我的美丽
留在你的记忆里永存
你来我诗里
在岁月里温馨
我相信，天定的缘分
都有心照不宣的相逢

你来我诗里，我喜
你不来我诗里，我等
你来不来我诗里
诗都会泄露我的一往情深

冬的底色

不被打扰地写作
不被左右地写作
不被过度关注地写作
都是写作的纯粹

毫无顾忌地
按照自己的想法
自己的感触
书写出我的感受

这种表达是自由的
干净的

不掺杂任何外来的干扰
用一个纯粹的我
表达另一个纯粹

今天的天气
应该是很晴朗的冷
其实
只要是在冬季
有没有冷空气来袭
都能感觉到冷的滋味

这是冬的底色
如同
写作的底色一样
需要自己的纯粹

你说，你会在冬天里来

冬天的脚步
越来越快
我还在秋天的尾巴上
享受秋的凉快

雪花啊
你说，你会在冬天里来
可我还没有准备好去爱
一场冬雪的到来

匆忙的脚步

已让我忘记
还有哪些
需要在脑海里深记
时间啊
你不仅负责春暖花开
还记得在冬天让雪花盛开

我的心
还在秋天里眷恋
冬却用期待的眼神
要我给出同样的热爱

思想的药方

彼岸的天空是蔚蓝色
空气，如同被净化过
清爽得令人心旷神怡
彼岸的花草芳香、茂盛
山水田园如此美丽

彼岸的我呀
看到彼岸的你
充满了愁苦与哀怨
那没有方向感的迷茫
如同一个笼子
笼罩着你
你突破不了自己

彼岸的我
产生了怜悯之心

想为你开一剂思想的药方
进行治愈

你呀，你呀
没有自我心
给你来一剂
认识自己的良方

你呀，你呀
缺少进取之心
缺少反思之心
缺少超前意识
缺少跟上时代之心
缺少不断革新之心

彼岸的我呀
给你
开一个荷花补水的药方
让你懂得
荷花
为什么会开在水里

爱，是一个传奇故事的诞生

爱是一场纠缠不清的游戏
越想忘记
就越纠缠不清地加深记忆
越想离开，就越紧密

爱是一场难忘的经历
爱一个人
总有患得患失的感觉
连空气里
都夹带着惶恐不安的气息
爱会让你重新认识自己
也会让你有死里逃生的恐惧
尝尽人间百味
方知一路陪伴才是最美的风景

喜欢一个人彷徨
喜欢一个人陶醉
喜欢在这个季节有你的记忆
喜欢冬雪里弥漫的气息
爱是一个传奇故事的诞生
喜欢留下我给你的回忆

走进秋天

九月的秋风拂过枫叶
把红色吹遍山野
银杏的灿黄
还在树上树下舒展成一色图案
蝉已不知何时收了工
熟悉的旷野已换成多彩的秋色
身旁不停地有飞叶飘落

走进深秋
从心中燃出盎然诗情
与秋叶一起飘入秋色

来成全大地滋生万物
或去等待下一个春天
用轮回的方式延续生命
给秋一抹深情的醉意
好让我走进秋天继续寻欢

昨天的雨还在天空中下着

昨天的雨还在天空中下着
你是一个怎样的人
为什么，所有的情调
都由你来尽情舒展
昨天的雪还在天空中飘着
你却用一个笑容
解开了冰的严寒

你是一个怎样的人
为什么，所有的浪漫
都由你来导演
昨天的雨还在天空中下着
你却用一个眼神
停止了所有的伤感

你是一个怎样的人
为什么，所有的情怀
都由你来导演
昨天的风还在天空中刮着
你却用一个沉默
停止了所有的声响

你若醒来，四季风光

春天的希望
是大地复苏时的迹象
那泥土里舒展出来的嫩芽
那枝头上的花蕾与嫩叶的招展
那春风吹拂时的柔爽
那柔软透亮的清澈水光
那粼粼波光荡漾出春的希望
无不在诉说这个季节很美幻

夏天的希望
是如火如荼的迹象
是茂盛的绿色覆满大地
是电闪雷鸣时狂风暴雨的倾诉
是热夏激情里的清凉风光
是冲天碧波的海浪拍打崖岸
所带来的壮观景象
夏是青春最旺盛的希望

秋天的希望
是硕果累累的迹象
那泥土里透露出的成熟
那泥土外仍是透熟的果实
那皓月当空照亮了中秋
碧水秋波
衬托出蓝天白云一起飘荡
悠悠荡漾出秋的丰满

冬天的希望
是磐石般坚强的迹象
是漫漫长夜好梦常伴
那缕缕暖阳美而清爽
那丝丝冷意留下舒凉
那点点严肃孕育出雪花
那透出休止符的冬天
蕴藏着春的希望
我的生命需要自己开花
在每一个季节
都有不同的景象
是啊，你若醒来，四季风光

我爱秋天里的成熟

我爱秋天里的成熟
秋天注定是个
果实丰硕的季节
我与秋天
如同结下不解的缘分

秋天凉爽的风
轻轻拂过我的脸颊
总给人一种爽到心底的感觉
我爱秋天
不是一天两天
有着入骨的热爱

我爱看
秋天里那鲜黄的叶子

也爱听
秋天泉水的叮咚

我爱秋天里的成熟
哪怕是一片熟透了的叶儿飘飞
也能引起我不小的关注

秋天的云儿
总能让我抬起头来
观赏它的多姿多变
进入秋天
我就有种收获的感觉
包括我的成长
在这个季节
总会有收获不完的喜悦

写作的世界，一个与灵魂对话的好地方

写作的世界
一个宣泄情绪的好去处
一个腾空而出的创意
一个与灵魂对话的好地方
在无数个顺其自然中
我的心与文字一起跳跃

写作，如同与老友见面
再隔五年
再隔十年
再隔二十年
仍会一见如故

这样的感觉
只有亲身经历过的人才懂

庆幸，这世间
总有那么一小撮人
迈着先知的脚步
走进写作的世界
又遇见一帮志同道合的人
来感知智慧与能量的魅力

纵观你我

一个人
能将自己照顾好
就是一个很成功的人

一个人
既能照顾好自己
也能照顾好他人
就是一个了不起的人

一个人
既能照顾好自己
又能照顾好他人
还能将自己的事业
做得蒸蒸日上
那么此人
已经与卓越同频了

伟人和圣人
是凤毛麟角
而凡人
只要做好凡人的事
就能与伟大有缘了

我心永恒

哪一种花
都有自己的香味
荷的淡淡清香
梅的疏影暗香
牡丹的大雅之香
玫瑰的温馨甜香
无不诉说自己的不同

人又何尝不是如此
你有你的风格
我有我的素养
她有她的韵味
像一个个展示牌
无不烙上各自的烙印

人生中
有很多关口
当一次次闯关成功
心已是一颗永恒生长的心

香飘万里

一个转身
便划清了山河日月的界限
从此，天地有尺
衡量出
我已香飘万里，草木皆知

上好的生机勃勃

充满自信的我
敢挑战，爱学习
敢于主动接受新生事物
人就要活在时代的潮头
勇敢地去创造
那属于自己的世界

我不喜欢因循守旧
不爱按部就班
不想被落后的思想束缚
积极主动接受一切的美好
都是正确的决定

不要在意
他人的话语

好的地方都充满了高能量
你听到的和看到的都是美好的展现

然后，让你充满了激动
那种感激与感慨
是上好的生机勃勃

我的人生我做主

请走好自己的路
不用费心
去琢磨自己的优点
或缺点
总会有人过来
按他的认知
将我的优点或缺点
一一列出
并带着偏见来点评
他眼里的我是什么样子

请走好自己的路
在闲时静下心来
将他们眼里的你
摆放在你能看得见的地方
慢慢欣赏
你会发现
他们眼中的你
都是他们自己
想出来的样子
根本不是你自己

人生中有多少人
对你评论

就会有多少个仿真的你
站在那里等着你去认领
你可以不予理会
不去辩驳
不去生气
你只要认真地去做好自己

是啊
那些都不是真实的你
真正的你
在自己的心里
请走好自己的路
不要求理解
也不去解释
可以在闲时
去鉴赏这些仿真的你
让自己看看
哪一个最像你
哪一个已被丑化

无论怎样
都要活成独特的自己
世上没有完人
又何必在意自己的不完美
我可以追求完美
并尽力挖掘自己的潜能
去做自己生活的主人
因我的人生我做主

天会老死

清晨
你鲜嫩得如同少年般充满朝气
中午
你的光照如同壮年般热烈
傍晚
你的衰弱
如同无力的老人
到了晚上
预示着你的生命
即将结束
深夜
应是你死后的孕期
直到零点
你的生命又一次诞生
我知道天会老死

有事梦里见

好困
只想睡个懒觉
谁想与我聊天
梦里见

不信
你来试试

看你能不能
挤进我梦中的门槛

如果
你用真诚待我
我必在梦中遇见你
会用真诚待你
如果
你用虚伪对我
我在梦里
也不会对你有好感

朋友，如真有事
请托梦给我
我在梦里等你
好困，有事梦里见

跟上秋天的步伐

一夜风来，一夜雨
把昨日
残留下来的暑热
清扫得一干二净

清晨有点冷冷的凉
躺在床上懒得起床

是不是季节换了
人的心情

也要跟着一起变换
此刻，我的状态真需要
调整一下
似乎还没有
跟上秋天的步伐

看书吧

看书吧
外面的风太大
沙子会袭击眼睛

看书吧
外面的噪声太响
会震到耳膜

看书吧
外面会有暴雨降临
淋湿的不光是万物
还有一种心情

看书吧
外面空气里有雾霾飘飞
嘴巴不张
也会有颗粒物入侵鼻孔

看书吧
书是安静的
书里的灵魂会陪我
谈天说地

看书吧
聊着天南海北的事
畅谈中外的历史
看书吧
就让我们唠嗑到无极限

母亲，我想成为您的骄傲

母亲，您生下了我
我成了你的孩子之一
而您，是我唯一的母亲
就这样，这个世界多了一个我
而您，却多了很多辛苦

母亲，您生下了我
您的母爱里
多了一分渴望
一分期盼
一分沉重
您用无须回报的母爱
托起没有怨言的付出

母亲，我一直想问您
您是否后悔过
怎么生出
我这么一个淘气包
让您束手无策

母亲，我一直想对您说
感谢您，母亲

没有您，就没有我
您是我生命的巢
您是我最软弱时的依靠
我爱您，母亲
我想成为您的骄傲

尽管
我还会时常惹您生气
尽管
您的一些观点
我无法接受
母亲
我想成为您的骄傲

我看见了自己

我看见了自己
一个全新的自己
体内焕然一新
脑袋里的思想
也已经被格式化更新

灵魂会独白
生活及朋友圈
样样刷屏式叠加更新
一切都在更换个不停

没有人相信
也不需要谁信与不信

只须尽情升级更新
让这一切
蜕变得自然
而又有些惊喜

人生出现拐点时
如同
高速行驶的车辆不能急刹
需要慢慢减速

新的开始，
需要这样的演变过程
我在真真切切
感受自己神奇的蜕变

像苏醒的精灵
俯视芸芸众生
窥视蝼蚁群雄
人生巨变
感受鸡蛋由内而破的秘密
感知蜕变时鲜嫩的自己

外人只看到我神采奕奕
只有我清楚
此时此刻
我已经更新完毕

是三月生下了春天

是三月
生下了整个春天
我看着树木花草
在大地上生下了
嫩嫩的骨芽
硬朗的花苞
在那儿生长与绽放
初萌的美丽
令人羡慕

是三月生下了春天
那春盈的风
那轻柔的水浪
那年轻的阳光
还有那笑嘻嘻的娃儿

三月是春天里最好的光景
让我醒来时有你
我爱你的每一个清晨
让我在梦里遇见你

没人知道地球已有了新的户籍

今天，我把月亮摘下
放在杯子里泡一泡
尝尝有没有桂花的飘香

因为，是愚人节
任性一点没啥

今天，我把星空通通收下
把星星做成米饭咽了
可不可以解馋
因为，是愚人节
没有人想找我麻烦

今天，我把云朵扯下
用云儿
做一碗白云丝汤喝下
会不会永久飞翔
因为，是愚人节
没有人发现云儿去了哪里

今天，我将地球藏在
另一个未知的星系
因为是愚人节
没人知道
地球已有了新的户籍

灵感就像流星雨

灵感就像流星雨
刹那间出现
转眼间即逝
带着巧遇捎来机缘
瞬间相遇已是难忘

灵感就像流星雨
当时清晰可见
转眼消逝无痕
如同夜空的流星雨
会留下惊诧的美遇
又会留下久久的思念

我怕未来会迷路

我在书的世界
越来越渺小
小到不敢大声喧哗
真怕露出才疏学浅的尴尬
然而，书籍像巨大的磁场
足可以让我继续迷恋

用心走一走
发现自己很幸运
不再为生存奔波
不再去生无缘无故的气
铸就一颗知足的心
又有一分闲情雅趣
与书相伴
写写小诗
来消遣属于我
这优哉游哉的光阴

然而
在现实与空幻之间摇摆时

有时也很郁闷
停下来可能会失去
一桩难得的美事
走下去
又将面临更多的考验

也许
人人都会多变
一会儿自信，一会儿自负
一会儿天晴，一会儿下雨
真是变幻莫测
说真的，我与未来未谋面
一直都是光速邀约
好想将未来请出来聊聊
免得落上尘埃
让我认不清它的模样
因为，我怕未来会迷路

当某一天
未来真的被我遇见
我欣喜地发现
其实，未来很实在
它告诉我
前面还有很多未来
等着我去实现遇见

把自己交给自己

是什么，领我走向诗的远方
是什么，给了我这般美丽

让我走上通向灵魂的康庄大道
来到开满鲜花的幽幽美径
让我开启属于自己的旅程

爱上诗和远方
便邂逅了不一样的人生
不一样的风景
遇见不一样的自己
那斑斓之旅，已幻化成斑驳的诗行
如琼浆一般滋润心灵
当我义无反顾地奔向诗和远方
那袅袅烟起
点点繁星闪烁闲暇
又渲染出墨香成丹
那缓缓而出的诗句
已被浸泡成已久的长歌
又擎引出花海般的朗朗乾坤
诗如溪流，潺潺流淌
频频快意，任其一搏
风雨兼行，即想即乘
去把自己交给自己

天空，每一片云都带着雨

睡一个懒觉犒劳自己
让每一个夜晚都有好梦
让好梦里有你
让每一个清晨
都睡到自然醒

让醒来时有你

如天空
每一片云都带着雨
让云雨
真实地回到大地
让大地的花朵更加艳丽

我只需要你的真诚
融进我的玻璃杯里
让我一饮而尽
品出这真爱的滋味
相遇是一种缘分
想你在不经意间
已如烈酒会醉天地

睡一个懒觉犒劳自己
让每一个夜晚都有好梦
让好梦里有你
在每一个清晨都睡到自然醒
让醒来时有你
如天空，每一片云都带着雨

你是自己的主人

还有什么比认真更带劲
还有什么比专注更迷人

认真了，什么事
都变得极为简单

还有什么
比认真更能使人进步

我开始认真地
选择自已的人生
我开始认真地
总结过去的事

从醒悟那一刻起
没有谁可以
再来左右我的人生
我就是我自己的主人
我只属于我自己

去认真地活着
开心地过着
属于我的好日子

不允许任何人
打扰我的生活
谁想打扰
都会自讨没趣

用杜绝，做我的门卫
用坚决，做我的心腹
用自在，旖旎我的内心

我就这样地活着
去做我人生的主人
世间万物任我赏析
任我书写

此时，我正在银河系里写诗

我狂妄，是因为
我知道，我是一颗星星
不狂妄
会连消失都看不见
来也不知
去也不知
天晓得我是哪颗星星
狂一点才能闪烁在银河系
此时，我就在银河系里写诗
你看见我了吗
我正在地球上写着小诗

我在写作中找到了自己

我的写作
就是在磨炼我的毅力
得到了倾诉
得到了快乐
得到了心静
我在写作中找到了自己
发现了自己的优缺点

通过写作
我的意识得到提升
我的鉴别能力
也明显增强了许多

通过写作，我为自己
解答了很多疑问
也得到了很多答复

是写作引领着我
一步一个脚印地前行
是写作给了我明确的方向
和明确的目标
写作助力我的人生
它给了我生活态度
拯救了我的灵魂

感谢写作
给了我一次
又一次的涅槃重生
写作对我是一种救赎
是一场自省
是一种很好的自我呈现
还是一种无尽的创造旅程
让我触及了一个又一个
了不起的天意

写作的过程
既是记载、感悟、行动、收获
也可解答生命中的难题
写作的过程
就是观看自己成长的历程
写作就是让自己认清自己
认清现实，认清真理
认清形势，认清发展方向
然后，去很好地解决各种问题

写作
让自己快乐的时光多一些
让自己幸福的时光多一些
是啊，我的写作已超越名利
因我的写作是在善待自己

诗意正浓

江心洲

那片泥土
露在水面上
我不担心它漂泊
因江心洲的底部
有无数根须将它系牢

莫愁湖

我去见你几次
每次相见
都有我给你的情愫
即使不去见你
你仍翘首企盼
你呀，你呀
千百年来
仍改不掉你的多愁善感

南苑街道

我不想知道
你在哪儿
可当我看见
应天大街上的高架桥
突然，就记住你的方位

沙洲

当我了解你的时候
我已在这片土地上生长多年
那是缘留下的新根
我要在这里生长成葱绿

双闸

不小心来到双子塔
看了南京眼
那桥下的
长江水波告诉我
岸旁边就是
你要去的双闸街道

兴隆

兴隆街道是怎么形成的
它的起源是什么
是不是又带着历史的典故

引我去追溯

建邺区

建邺区已是南京城的亮点
代表着这座城市的蓬勃发展
每一次驻足
都留下我观赏它的眼神

南京城

南京城，我不能全爱你
总得留点空间
让我去想家乡的小径
去更远的远方
来满足我的好奇心

一个人，也能忙出千军万马之气势

我羡慕
那些能独处的人
不被
世俗束缚
不羡慕那些
到哪儿都成双成对的人
而羡慕
那些能独行天下的人
这个世界
每个人的人生都不同
我们要找到

适合自己的人生前景

有人喜欢安静
就在安静的地方
享受安静中的安逸
这个世界很多元
去尊重每个人的意愿

这个假期一天也没得闲
总有做不完的事
即使一个人在那儿忙碌
也能忙出千军万马之气势
这大概就是龙年的特征吧

坦诚是女人的底气

很多人喜欢把自己
打扮得漂漂亮亮
我却迷恋
顺其自然的朴素
然后，去发现另一种美

是的，我真的找到了
女人的内在美在哪儿
在于个性
在于知性，在于自信
在于随和与自然
那样更显女人的魅力

坦诚是女人的底气
即使不修边幅也很美丽
因那是内心折射的光明

我喜欢自然随性的自己
只须简单整理一下
便可鲜亮如出水芙蓉

我享受，无人问津的日子
也享有偶尔精致的自己
其实，我更喜欢
没有约束感的自在
那能彰显我的本真

我追求
内心的完美与平静
我不喜欢活在
虚情假意里
但会偶尔活在人情世故里

我如同躺在社会的心脏地带
时刻感知社会的心脉
那不规则的跳动里
也有着稳定的脉律

人情世故里
也有着点点人情味
有些表面上的世故人情
显得足够有温度

人虫之变

我就那么向他喊出
憋在心里已久的话
他听后就变成了一只蝴蝶
准确地讲
是一只彩蝶，向我飞来
还不停地喷出彩色粉光
每喷一次
彩蝶就会变小一点
就这样
它在空中飞出折叠线
然后，越喷越小
最后，彩蝶已不是彩蝶
而是一只
不能飞的青色蚂蚱
站立在那儿
它似乎已经回不到人类

有不过春节的万物

清晨醒来
听到窗外的雨点声声
外面下雨了
我有点兴奋
又带着几分欣喜

这是春雨
这是，这个春天第一场雨

尽管雨点稀疏
但是，这场雨才刚刚开始

我又增加了
几分兴奋
准备耐心等待
这场雨的尽情挥洒

昨天
正月初五
饱满的春节气氛
到哪儿都扑面而来
走向哪里
都洋溢着春节的气息

即使待在家里
也能感受到电视里
各地方的年味
浓烈喜庆
到了晚上
烟花爆竹声声入耳

今天的这场春雨
似乎，在给春节增添喜庆
或者在给春节降温
都不影响
我对这场雨的喜爱
我想地上的万物也是

我突然发现
有不过春节的万物

特别是花草树木
它们只喜欢春天
是啊
除了人类过春节
人类之外的动物
一定憎恨春节
我不禁陷入沉思

想念也会老去

我没想跨过那条河
去看你
也没想到转身后
就是一去不回

在日月
交相辉映的日子里
我已记不清
有多久没去想念

是啊，想念也会老去
在不经意间
已逝去

多好，多好
不再被想念缠绕
多好，多好
没有想念有多美妙

心清，心静
已到了极致
看花是花，看鸟是鸟

怀念幼稚

小的时候很想快点长大
一直期盼自己快快成长
想和大人一样
可以训斥小孩儿
可以自己做出决定
最重要的
是可以摆脱大人的管制

长大了
我开始怀念幼稚
能傻傻地笑
能开心地玩儿
不需要考虑太多的事
甚至，不需要成熟
就简简单单地活着

而现在
我终于能接受
苦也是一种乐
傻也是一种福
执着竟然成为可贵的品质
似乎人生
哪个阶段都不缺失它的美丽

哪怕是个错误
也成为后来的美好回忆

我有多爱这朵莲

昨夜的雨
一定让荷花变得更加妩媚
那高炫的荷叶
一定绿出青嫩的效果
那攒了整场雨的雨滴
正卧在荷叶中间
炫出透亮的白色大光钻
那平铺在水面上的荷叶
是不是聚下更多的小水钻

清晨
已有很多朋友
在朋友圈迫不及待地晒出
雨后荷花的娇媚
我的心也随着荷的美艳
不停地收获今年的精美荷图
我决定今天去看荷花
尽管已是老友
尽管荷不来，我会去
尽管已是雨过天晴
我仍不能放下
每一次相逢时的喜悦

雨后的夏阳特别闷热
一点儿也没留下昨日的清凉
冒着这样的酷热
我应自己的邀请
来到玄武湖的荷花塘边

荷叶上
已不见我想象的景象
找不出一片托着水钻的荷叶
荷花倒是鲜嫩得很炫
拍照是必不可少的举动
见荷就拍，合影留念
拍下了无数风景
才心满意足

终于，在一大片荷叶中
我发现了一朵紫红色的荷花
特别，特别的娇艳
这回我已不再是主角
围着这朵紫莲花
不停地拍呀拍
也代表不了
此时，我有多爱这朵莲

如果没有遇见你

如果没有遇见你
我不懂人生
该去珍惜什么

我不知活着的人
会有无数条路
可以自由选择

如果没有遇见你
我不懂秘密就在你那里
秘密就在我这里
我不知眼睛里的风景
与眼睛外的风景
是两个不同的世界

如果没有遇见你
我不懂神奇与好奇
会改变一切
我不知好心情
可以免费领取
坏脾气
可以随时丢弃

如果没有遇见你
我不懂人生的意义
由无数个经典故事组成
我不知有的事可以
忘得一干二净
有的事可以记得风生水起

如果没有遇见你
我不懂寂寞是一件美事
心清是自己爱自己
我不知人生有多扇门

可以随意打开，任你飞驰
信不信由你

风轻云淡看俗世

我不想
与思想落后的人深谈
那是因为如同对牛弹琴
不仅不好沟通
还能把你气到无语

我不愿
与高高在上的人
打交道
那会让我感觉不值
有浪费时间之感

我更不愿意
与唯利是图的人共事
他会为了利益
突破道德底线

世界存在陷阱
那些看不见
却能感知的陷阱
要极力规避

每个人活在世上都不易
那些大鱼吃小鱼的现象

时刻都在发生
做个海洋
让鱼儿们
逃不出自己的手心
才会活得云淡风轻

关不住的灵魂

一个自由的灵魂
不仅能无拘无束
还可以超越现实
不仅能映照其他灵魂
也可以实现跨越时空
不仅能玩世不恭
还会不屑一顾
不仅能自由自在
也会异想天开
一个关不住的灵魂
在自由中体验生命的意义

那一缕清风

那一缕清风
曾拂过海面
拂过云
拂过绿叶
拂过雪花

拂过你的身心
还带着花香
拂过你的忧伤
在你微笑的时候
也曾拂过你的脸颊
那一缕清风又飞向远方
准备用同样的方式
攻击那朵花

走向你

低头瞬间
让我想起了什么
抬头望去
让我看见了什么
行动起来
让我发现了什么
走向你
让我有了奇妙的想法

自由的幻想

当思想的新意
滑过指尖
斑驳了岁月
在绿野仙踪中
寻得你的好
瞬间不远不近

恰好有你路过
留下怀旧的背景
除了向往
还有自由的幻想

偷生的云

是大地偷生的云
藏在空气里
如果不是亲眼所见
真会是场天大的误会
是大地偷生的云
云在大地上诞生

冬天里藏着生命

我以为
冬天是安静的
当种子
在泥土里悄悄地
生了根
发了芽
长出了新的东西
噢，原来
冬天里藏着生命

心在书里澎湃

在这安静的夜晚
我似乎比夜更安静
想起那本尚未读完的书
可以陪我度过此时的光阴
心中顿生几分满足
夜静了
心却在书里澎湃

被风蹂躏过的云

有时候
真的想在白纸上
画满一颗颗星星
做成一个星空
柳枝在风中摇曳
弯弯的月亮挂在柳条当中
让我坐在月亮上荡起秋千
数着星星
看着被风蹂躏过的云
匆匆离去
让人厌倦的地方
都可以重新开始

放纵的心

悠闲的时光
已成为我生活的主调
那毫无掩饰的
是我放纵的心
渴望已回老家
欲望也已下岗
在这样的此时
只想，只想
再次闭上眼睛
享受一会儿时光

由黑夜继续黑去

从那一刻起
没有伤，也没有痛
没有赢，也没有输
甚至，没有什么
值得去极力挽留
没有极其反对的事
一切都好像与我无关
一切又像与我有关
不！没有什么
是我不能抛弃
或不能放下的
在一个漆黑的夜里
由黑夜继续黑去

多希望你懂

如果你是天空
我愿是只飞鸟
永远飞翔在你的天际

如果你是大海
我愿是条小鱼
永远畅游在你的世界

如果你是大山
我愿是山中那株小草
永远依偎在你的怀里

如果你是一棵常青树
我愿是那棵树上的一片树叶
永远不会离你而去

如果你是一条长长的路
我愿在路上
不停地留下我的足迹
这些，多希望你懂

这个世界没经我允许，我就来了

这个世界
没经我允许
我就来了

这个世界
会因我的到来
而想得太多

你
又何尝不是如此

总以为
可以选择太多
可唯一能够成全自己的
只是
这呼吸中该去做的事

只想爱你到永远

我的富有从你开始
我的幸福也从你开始
我的快乐从你开始
我的美好也从你开始
在我生命里
那些难忘的时光
那些曾感动过我的过往
也从有了你开始
是啊，在我的世界里
只想爱你到永远

梦里的笑声传到梦外

今早的一个梦
做得令人特别开心
我从梦里笑着醒来
醒来时
还能听到自己那咯咯笑声
我知道
那是来自梦里的笑声
让一整天的心情都大好

有一千个爱你的理由

站在故乡的土地上
你知道我很多情
爱你四季分明的景色
爱你留给我的不舍
爱你眷眷的熟悉
故乡啊，我到哪儿
都忘不掉你

站在故乡的土地上
我眷恋我曾走过的路
每一个熟悉的地方
都留着我的脚印
故乡啊
你是我最深的热爱

站在故乡的土地上
我带着对你的热恋

和你给我的乡思
我要为你写一本相思的书
故事的主角就从你开始吧
我会用一百种方式
写出一千个爱你的理由

站在故乡的土地上
那里有我太多的过往
我发现
我比任何一个时候都爱
那突然的眷恋
那依依不舍
已灌满了我爱你的情愫
故乡啊，只因一个小小的离别
你却给了我无数次的回望
让我知道，我会爱你到永久

站在故乡的土地上
每一个熟悉的角落
都留有我的回想
这带不走的乡土气息
已让我知道
我又多了一分深深的思念
故乡啊
你会引我时常回来看你
只为满足我的想念

站在故乡的土地上
我深知我的爱在哪里
故乡啊

你的怀抱有点像母亲
会永远给我幸福的温度
只因，你知
我有多爱这片热土

我多像这雪莲

你看
我多像这雪莲
不畏严寒
独自尽情地绽放在山之巅
在离阳光最近的地方
清新到自然又可人
脱俗、优雅，又美丽
我就是，这雪山上的莲
颜色鲜亮又独自美艳

雪落在我身上
只是装点
我那独特的样子
已尽显我的高贵

雪莲，大山高处的宠儿
严寒里的娇女
美得连山峰
都为你送来赞叹
独特的你呀，魅力无限
也只有高山
才能配得上你那高贵的气质

洁净的你呀
不与百花去争春天
也只有高山
才能配得上你那靓丽的容颜
你就选择在高山之巅
才最能彰显你的气质

每一种花都有美丽

我心中的花园
开始大了起来
牡丹、桃花、郁金香等
百花都有了自己的地盘
每一种花都有美丽
每一种花都有魅力
每一朵花又都可爱
花儿
也都知道了争先恐后
个个都全力以赴地拼命展现

真没想到
在百花散去的春天
还有月季花
留在春天的末尾
直接走进初夏
成为一道亮丽的风景
我为五月的月季花
留下赏花的印记

是你的美丽吸引了我
月季花
我慢下脚步
就是为了多看你一眼
我用惊喜的眼神
与随风摇曳的月季碰面
碰撞出格外引人入胜的景致

一不小心
又有花香沁入心肺
让我一惊
这个初夏
还有香樟花散香满城

心中的花园越开越盛
让每一个季节都有花絮
落入诗中
成为我赏不够的风景
我闻，我看，我醉
都因处处有花的芳香
时时闻出不同香味
频频拽着我的脚步
走向你的每一种美丽
去嗅不同味道的你们
让我心中的花园
有更多美丽

静下来，成就自己

人需要在开悟时
才能规划好人生
包括择偶
哪怕开悟时
已经很迟
也不影响你后来的人生

人不能活在没有主见里
人不能活在不知成长里
人不能没有目标地活着
人更不能
让自己的人生任人摆布

人，一定要先醒后行
先行先悟，先悟先懂
懂后再行
你必须去懂得很多
才不会难为自己
静下来，成就自己

继续前进的自己

当我已被自己的大脑
高度控制
在思想中
处于完全集中

心情与头脑
清晰又放松
不像先前的几十年
一直纠结与痛苦

两者完全是
天壤之别的感觉
先前在自我纠缠、迷茫中成长
后来在清醒中前进
我在这两种不同的境遇里
感受着不同的两个精神世界

我知道
前者属于难以控制的思绪
后者属于可以控制的思想
这两重天的世界
带来了两重天的人生
这种体验只有自己清楚

我当然喜欢后者
因为
它让我体验了什么是纵深
什么是逻辑
什么是科学
什么是理论
什么是哲学思维

我庆幸
我得到并掌握了它们
我在感知中

体验继续前进的自己
我在走一条自我求证的路

胜利的号角传来喜讯

我要建立自己的战略格局
我要对我的人生进行布局
如果
上半生生活在懵懂无知里
那么下半生一定要活在清醒有识里

我仅有的一个人生
哪能都由别人说了算
我仅有的一次生命
哪能只去感受痛苦和不堪
我仅有的一个心愿
哪能那么轻易放弃

斩钉截铁
才最彰显我的个性
气势恢宏
才能活出生命的全部意义
我能做的
就是冲破一切阻碍
直到胜利的号角传来喜讯

去成为风轻云淡的自己

当男人
有做不完的事业
当女人
有做不完的事业
男人或女人
就是自己的独立体

当男人拥有这种力量
当女人拥有这种力量
无论你是男人
还是女人
都是强大的个体
这种强大
是个体成熟的标志
拥有这种成熟
会对任何事情产生无畏
并有无穷的力量和智慧
去轻而易举地实现目标
或解决问题

不要为情所困
不要纠缠在情感里
不要被任何情感牵绊
你只需要彻底地改变自己
从一切困扰中尽快脱离
成为风轻云淡的自己

不会去做浪费光阴的事

你以为雄鹰
会将麻雀放在眼里
当然不会

你以为老虎
会把耗子放在眼里
当然不会

你以为凤凰
会将山鸡放在眼里
当然不会

你以为
我会把你放在眼里
当然不会

我们
都有自己的目标和方向
我们
不会去做浪费光阴的事

一场美丽的贡献

美丽的风景一出现
我的心情就好了起来
哪怕是这些美丽的图片

将远方这样一种美丽
以这样的方式展现在眼前
同样会带给我愉悦的心情

我是离不开美景的
就像美景也迫不及待地
等着我去相遇
总是在不经意间出现在我面前
让我不得不为赞叹感慨一番
有了这些美丽
我才有了书写不尽的热爱

美丽需要分享
只有这样
它才有自身的价值
才有更多的魅力
和精彩的记忆与回放
是啊
我要留住
这些美丽的邂逅
去书写
去分享
去赞叹与歌颂
这似乎就是
一场美丽的贡献